100조를
향해서

100조를 향해서 2

초판 1쇄 인쇄일 2015년 2월 10일 | **초판 1쇄 발행일** 2015년 2월 13일

지은이 라이케 | **펴낸이** 곽중열 | **담당편집 팀장** 이범수
편집부 신연제 이윤아 김호성 김은경

펴낸곳 (주) 조은세상 | 출판등록 제 2002-23호
주소 경기도 연천군 미산면 청정로 1355
TEL 편집부 02)587-2966 | FAX 02)587-2922
e-mail bukdu@comics21c.co.kr

ISBN 979-11-5512-958-6 | ISBN 979-11-5512-956-2(set) | 값 8,000원

100조를 향해서

라이케 현대판타지 장편소설

NEO FUSION FANTASY STORY

2

(주)조은세상

CONTENTS

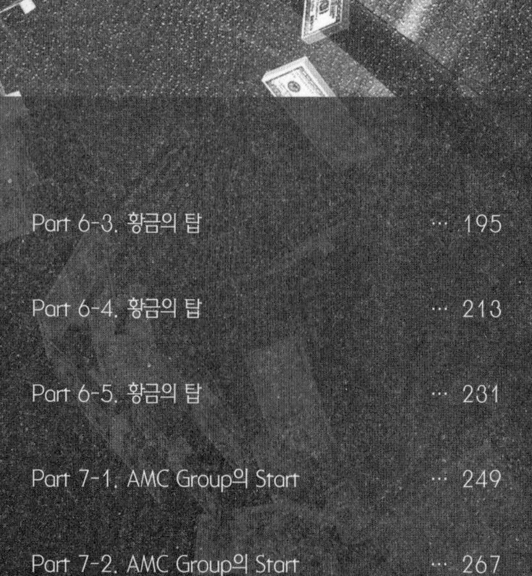

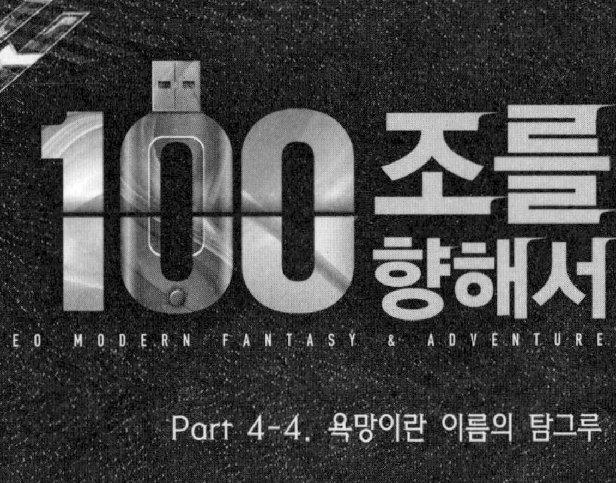

Part 4-4. 욕망이란 이름의 탐그루

Part 4-4. 욕망이란 이름의 탐그루

교정 교열은 어차피 번역본이라서 간단히 끝났다. 이제 인쇄도 곧 나올 것이다. 그 다음 중요한 것은 유통 영업이다. 대형 서점, 지역 유통 총판, 그 외 기타로 나눠지는 흐름이다.

출판사는 웬만큼 규모가 크지 않으면 영원한 '을'의 입장일 수밖에 없다. 교보 문고와 같은 대형 서점은 매월 말일마다 수십 명의 출판사 영업 직원들이 결재를 받기 위해 20대 경리 앞에서 고개를 조아리고는 한다.

고작 몇 십만 원, 몇 백만 원 수준인 푼돈 때문에 남자의 자존심은 땅바닥에 내팽개치고, 묵묵히 줄을 서서 기다린다. 그리고 이런 진풍경이 크게 어색하지 않은 곳이 바로 이 빌어먹을 동네다.

허나 그는 그렇게 영업할 생각이 전혀 없었다.

그의 기본 방침은 무조건 현금 박치기였다. 인기가 없는 책은 아무리 영업을 잘 해도 서점 한 구석에 쳐 박히기 일쑤지만, 일단 베스트셀러가 되어 크게 터지고 소비자가 찾게 되면 그 때부터 출판사가 갑이 된다.

대한민국의 출판사가 대부분 적자가 나는 문제는 판매량이 부진한 점도 한 몫을 하지만, 그보다는 반품 제도가 가장 크다. 이 제도는 쉽게 말해 서점이나 도매 총판 쪽에 자신의 책을 위탁 판매 형식으로 맡기는 방식인데 이 경우 100권을 먼저 매출로 잡는다 해도 몇 년 뒤에 서점이 책이 안 팔렸다는 이유로 100권 모두 반품해도 받지 않을 방법이 없다.

출판을 하는 공급자 입장에서 굉장히 불리한 시스템이 아닐 수 없다. 그럼에도 어쩔 수 없는 이유는 출판사가 워낙에 우후죽순처럼 난립한데다 대부분이 영세한 탓이다.

어쨌든 AMC 출판 사업팀은 2명의 신입 사원을 더 뽑아 인원을 충원하였고, 건물 1층의 비는 공간에는 만화책 창고실로 쓰기 위해 용도 개조도 끝낸 후다.

또한 장기 출장 시 필요한 기아 봉고 1대를 출판 사업 팀 전용으로 배정해 놓았다.

택시 안에서 그는 견본으로 찍어 본 슬램덩크 1권을 천천히 읽고 있었다. 입가에 미소가 맺혔다.

앞으로 그와 AMC를 한 걸음 크게 도약해줄 수 있는 발판의 시작이 될 것을 믿어 의심치 않으며 살짝 미소를 지었다.

강남역은 예나 지금이나 크게 바뀐 것이 별로 없어 보였다. 그가 향한 곳은 뱅뱅 사거리를 지나 교보 빌딩 맞은 편의 뒷골목이었다.

다소 경사진 고바위를 오르느라 탁한 숨을 몰아쉬면서 주위를 둘러본다. 그리고 거기서 이름 모를 술집 사이로 허름한 당구장 하나를 발견하자 기이한 눈빛을 드러냈다.

여전히 똑같구나. 아련한 풍경이다. 또한 씁쓸한 과거의 편린이다.

그는 심호흡을 하더니 문을 열고 들어선다. 뒤이어 매캐한 담배 연기와 초록색 사각의 당구대, 그리고 당구공 소리가 조용히 울려 퍼졌다.

몇 몇 불량스럽게 생긴 양아치들 패거리와 작은 방 한구석에 7-8명이 빙 둘러서 포커판을 벌이는 광경을 제외하면 다른 손님이 없어 꽤 한적해 보였다.

손님이 들어오자 저 쪽 방에서 한창 카드를 치던 40대의 비쩍 마른 해골바가지처럼 생긴 주인이 다가온다.

그는 이런데 전혀 어울릴 것 같지 않은 복장의 현수를 아래위로 훑더니 무미건조한 음성으로 묻는다.

"혼자 오셨나?"

"그냥 심심해서요."

"아, 그래요?"

"혹시 여기에 당구 칠 사람 있습니까?"

주인은 약간 귀찮다는 듯이 인상을 찡그렸다.

"다마수가 얼마요? 여긴 250이하는 없는데?"

"사백입니다. 친선이든 돈 먹기든 아무 거나 상관없습니다. 붙여만 주세요."

"호오? 사백이라? 꽤 잘 치나 보네. 어이! 진수야? 너 여기 손님하고 한 판 치지 않을래?"

"난 판대기 아니면 안하는 거 몰라요? 오링 당해서 짜증나는데 안 해요."

현수는 당구 큐대를 고르면서 정중한 어조로 상대에게 말을 건넸다.

"한 판에 십 만원 빵 어떻습니까?"

"십 만원? 흠, 사백 다마라고?"

"네."

"흐음…. 좋소. 해봅시다. 설마 다마수 속이는 건 아니겠지?"

"그럴 리가요."

인상이 날카롭게 생긴 호리호리한 남자가 건들거리면서 다가와 투박한 음성으로 조건을 내걸었다.

"3전 2승이요. 2번 이기면 십만 원 갖는 걸로 하고 여기 먼저 걸지. 자! 당신도 거쇼."

"좋습니다. 그러죠."

현찰 십 만원이 호기롭게 당구대 사이드에 뭉탱이로 놓아졌다. 그리고 승자가 다 갖는 판대기는 시작된다. 배진수라고 자신을 소개한 젊은 청년이 초구를 멋지게 성공시켰다. 하얀 공 2개와 빨간 공 2 개가 그렇게 직진하고 회전하면서 시야를 어지럽혔다.

딱, 딱.

공과 공이 마찰하면서 울려퍼지는 경쾌한 소음이다.

현수는 간만에 느껴보는 당구 큐대의 감각을 되살리며 상념에 잠겼다.

쵸크를 당구 큐대 끝에 칠하면서 상대편을 보았다.

배진수… 어찌 그를 모르겠는가.

허리를 굽혀 자세를 잡는 그의 모습은 마치 야수의 냄새를 풍겼다. 어깨가 쫙 벌어져 있었고, 온 몸에는 징그러울 정도로 문신이 가득하다.

그리고 다시 고개를 돌린다. 한창 카드에 미쳐서 들개 같은 목소리로 떠드는 그 진동운이 저 방 안에 있다.

훗날 한국 조폭계의 가히 전설적인 위치까지 오르는 인

물과의 대면이다. 그의 기억으로 그는 당시 대한민국의 3대 조폭 중 하나인 OB파의 적자라고 알려져 있다. 당시 대한민국 조폭계의 현실은 노태우 정권의 범죄와의 전쟁으로 인하여 이름 꽤나 쓴다는 조폭 보스들이 줄줄이 검찰에 잡혀가게 된다. 거기에 휩쓸려 OB파의 보스 이동재 역시 1988년에 16년형을 받고 쇄락의 길로 접어든다.

허나, 그 후 진동운의 등장과 함께 새로운 시대가 열리면서 '무투파'를 조직해서 역사상 최초로 서울 전체를 통합하는 암흑가의 절대자라는 위치까지 오른다.

전국체전 복싱 헤비급 우승과 유도 4단이라는 실력에 선천적으로 타고난 짐승 같은 신체 조건을 바탕으로 전국의 이름난 조폭들이 한 자리에 모여서 무릎을 꿇고, 피의 맹세를 했던 사건은 해외 토픽과 MBC 9시 뉴스에 보도될 정도로 가히 장관이었던 것으로 기억한다.

배진수는 인상을 찡그리며 중얼거렸다.

"확실히 사백답군. 그 멀리 있는 공을 오시로 밀어치다니? 삼백 다마하고는 보는 눈이 다르네?"

겉모습과 다르다고 느낀 것일까? 유약해 보이는 젊은 놈이 생각 외로 당구 실력이 뛰어나다고 생각하자 감탄사를 자신도 모르게 뱉었던 것이다. 배진수는 승부사 기질이 강했다. 지기 싫어서 정신을 집중하며 큐대에 신경을 쏟아부었다.

"별 말씀을요. 과찬입니다."

"이런? 마세이까지?"

"죄송합니다."

"이야! 그런데 그게 또 맞아?"

"후후."

정현수는 싱긋 웃었다. 그 미소는 단아하면서도 은근히 정감 있어 보이는 표정이다.

처음에 의도한 궤적과는 달리 운이 좋게 백구가 제멋대로 쿠션을 타고 튕기다가 2번째 적구를 때리자 겸연쩍은 듯 사과를 했다.

"…운이 좋았네요."

걱정을 하기는 했다. 회귀 이후에는 처음 치는 당구였던 탓이다. 처음에는 다소 어설펐던 큐대질이 시간이 가면서 점점 더 익숙해지는 것을 느낀다.

회귀 전 그는 당구의 신이라는 추앙 받는, 양재동에 위치한 양귀문 당구 아카데미에서 정식 유료 회원으로 사사를 받아 700까지 쳤던 경험이 있다.

아무리 10년 이상을 당구대와 인연을 끊었다고는 해도 이미 당구를 치는 법은 훤히 안다.

이런 핸디캡을 감안하여 사 백으로 낮춘 것이다.

어느덧 승부는 종반으로 향해갔다.

하나 남은 돗대였다. 그는 예리하게 공의 상황을 직시했다. 그리고는 한데 모여 있는 적구 2개의 중심부를 약한 힘으로 밀어 치자 바로 옆으로 돌리기 형태의 쓰리쿠션 각이 나온다.

배진수는 생각과 달리 싱겁게 첫판이 끝나자 2번째 판을 위해 초구를 다시 배치하면서 중얼거렸다.

"아무리 사백이라도 그렇지 한 큐에 28개를 뽑아내? 이거 오늘 일진이 꽝이군. 쯧!"

"운이 좋았을 뿐이죠. 그런데 이 동네 사세요?"

"뭐, 그렇지. 그 쪽은 학생? …대학생인가?"

"대학생은 아니고 조그만 사업 하나 하고 있습니다. 그냥 심심해서 놀러온 겁니다."

어설프게 고등학생이라고 말할 필요는 없었다. 그가 할 일없이 여기까지 와서 당구를 치겠는가. 배진수가 반말 비슷하게 퉅퉅거렸다.

"아? 그러시구나. 사업? 우리도 그런 거 한번 해봐야 하는 데 맨날 이게 뭐하는 짓인지. 쯧!"

"그래요? 그 쪽은 뭐하시는 데요?"

"알 것 없소. 그보다 참! 어릴 때 당구만 치고 살았나 진짜 잘 치네. 살면서 형씨보다 잘 치는 사람은 못 만나 본 것 같은데 대단하구먼."

서울 말씨 반, 광주 말씨 반이 섞인 걸쭉한 말투에 현수는 그저 당구에만 열중하고 있었다.

배진수는 묵묵히 당구만 치는 게 심심했는지 농담 반, 잡담 반으로 이것저것 대화를 시도하면서 껄렁거렸다.

"아! 진짜 잘 치네."

그럼에도 적어도 정통 조폭이라는 자존심은 있는 지 흔히 동네에서 볼 수 있는 삼류 양아치 같은 추접한 짓은 하지 않았다.

"졌어! 졌어. 어쩐지 오늘 운수가 안 좋다더니. 퉷!"

"죄송합니다."

2판을 연속해서 진 배진수는 쿨하게 남아 있던 돈 십만 원을 던져 주더니 음료수를 벌컥 들이켰다.

현수는 구석에 있는 작은 세면대에서 쵸크로 범벅이 된 양손을 비누칠로 비비면서 잠시 생각했다.

어떻게 접근해야 옳은 걸까?

과연 나이를 속이는 게 더 효과적인지 의문문이 남는다. 허나 고등학생이라는 사실을 밝히는 그 순간부터 그들은 그를 얕잡아 볼 것이 분명했다. 소설 속에 흔히 나오는 조폭에게 은혜를 베풀어 형님 소리 듣는 그야말로 말도 안 되는 허무맹랑한 시나리오에 열광하는 철없는 나이는 지났다.

그의 최초 목적과는 약간 어긋나는 출발이다.

어떻게 해야 할까? 모호한 빛이 두 눈에 섬광처럼 스쳐가더니 이내 사라진다.

그 때 그 인연은 그들과 자신의 위치가 달랐기에 그들의 입장에서는 - 어른이 세 살 먹은 아이에게 손을 대지 않고 그냥 지나가는 인연이었지만 이제는 다르다.

그들이 누구인지, 그리고 어디서 어떻게 행동할 것인지 알고 있었기 때문이다. 세상을 움직이는 것은 권력과 재물, 그리고 힘이다. 이 세 가지는 서로 상이하게 달라 보이지만, 어떤 때는 신기하게도 비슷한 점이 많다.

권력, 재물, 힘은 모두 인간을 극도로 흥분시키는 마약 몰핀과 닮아 있었다.

그는 거대한 꿈을 가졌다. 그 꿈은 상상을 초월할 정도로 크다.

그들은 전국시대 명검처럼 예리한 양날의 검이나 마찬가지다. 그 검은 적을 향해 베는 게 정상이지만, 자칫 잘못 사용하다가는 자신의 심장을 베일 수도 있었다. 신중하고 조심스럽게 접근해야 한다.

정현수는 궁금한 듯이 물었다.

"저 안에서 지금 하는 게 포커입니까? 아니면 훌라?"

"왜 물어 보슈? 뭐 형씨도 끼어 보시게?"

"좀 심심해서요."

"뭐, 대중 없지. 포커도 치고, 훌라도 하고, 도리짓고 땡도 하고…."

"얼마짜리죠?"

"2천포 시작에 6구까지는 풀, 7구는 하프일걸?"

"아."

2천포란 2천원을 기본 베팅 단위로 하는 포커의 줄임말이다.

처음에 3장 나눠주고 그 다음부터 4구, 5구, 6구, 7구마다 한 바퀴를 돌면서 베팅을 한다. 그 때마다 각자 카드를 쥔 이들은 콜 Call, 다이 Die, 따당 Double, 베팅 Full로 선택을 해야 했다.

판돈은 대중없지만 이 정도 규모라면 아무리 적어도 일이백 만원은 있어야 참여가 가능하다. 쉽게 말해 이 시대를 기준으로 사이즈가 적은 판은 아니라는 뜻이다. 그는 약간 머뭇거리더니 말했다.

"저도 끼워줄까요?"

"돈 있으면 다 끼워주지. 근데 자신 있나요? 오늘 처음 보는 네 동운이 형이 끼워줄까?"

"그 쪽에서 소개 좀 시켜주세요. 그리고 이건 아까 딴 돈입니다. 받으세요."

"……."

배진수는 친근하게 다가와 방금 전 땄던 돈 십 만원을 선뜻 내미는 모습에 쭈뼛거릴 수밖에 없었다.

예상 외의 반응이다. 언뜻 봐선 이런 쪽에서 몸을 담글 만한 외모가 아닌데 생각 외로 당구 실력도 뛰어난데다 이제는 거침없이 포커도 끼고 싶다고 한다.

이쪽 바닥에서 어느 정도 뒹굴지 않았다면 불가능한 이야기다. 거기다 이 살가운 태도는 무엇이란 말인가?

그는 눈을 깜박거리더니 가볍게 미소를 지었다.

"거 참. 돈은 필요 없고… 내가 오링 당하고 현재 5포라서 자리는 있는 것 같은데 한번 물어는 봐주죠. 돈은 됐소. 남자가 존심이 있지. 집어넣으쇼."

"좋습니다. 그 대신 저녁은 제가 사죠."

"참 희한한 분이네? 아니? 나를 언제부터 봤다고 친한 척 하는 지 원?"

"아, 그런가요?"

그리고 몇 분 후, 배진수가 그를 불렀다. 현수는 차분한 모습으로 방으로 들어가더니 인사부터 한다.

"처음 뵙겠습니다."

"아, 앉으쇼. 나이도 어린 분이 포커 고수인가 보네? 들어와요. 큭큭."

"형석아. 헛소리하지 말고 네 패나 먼저 까 봐. 콜할 거야? 죽을 거야?"

"이런! 스트레이트가 또 안 엮어졌네. 다이! 다이!"

"그 쪽은?"

거친 대화가 이어지고 있었다.

확실히 평범한 이들은 아니다. 눅눅해 보이는 작은 담요

모포는 중간에 펼쳐져 있었다. 그 주위로 빙 둘러 앉아서 포커를 치는 인물들이 보인다. 모두 각양각색이다.

딱 봐도 자기가 건달 계통에 있다고 인상 벅벅 쓰는 놈, 연신 애꿎은 줄담배만 태우면서 자기 패만 몰입하는 놈, 쌍욕을 달고 살면서도 이리저리 눈치를 보는 인간들까지 정말 다양했다.

현수가 끼어들자 6포카가 완성이 된다.

그 뒤로 관전하는 인물 넷이 있었는데 그들 중 둘은 진동운의 똘마니였고, 다른 하나는 건달이던 당구장 주인, 나머지 하나는 이준호의 일행이다.

아까는 당구를 치느라 자세히 확인하지 못했지만 확실히 이준호가 분명했다. 두 눈을 이리저리 굴리며 입이 걸걸했던, 회귀 전에 잠시 만났던 그 인물이 맞다.

그렇다. 예상과 동일하게 과거는 진행되고 있었던 것이다. 기쁨의 희열이 온 몸을 싸하게 덮쳤다. 혹시 몰라서 다시 확인했지만, 그 놈이다.

그와 더불어 스스로를 세뇌시켰다. 좀 더 안정을 찾을 필요성이 있다며 얼굴에는 뜻 모를 미소가 맴돌다 빠르게 사라진다. 현수는 또릿한 어조로 질문했다.

"각자 앞 사이드는 얼마로 하면 되겠습니까?"

"뭐, 자기 마음대로니 상관없지. 근데 돈은 있고? 여기는 푼돈 가지고는 몇 판 못 쳐."

"7백이면 될까요? 모자라면 더 준비할 수 있습니다."

"아, 알고 보니 부자집 도련님이셨네? 큭."

그는 상대의 조롱을 무시하더니 준비한 돈을 차곡차곡 꺼내서 자신의 앞에 꺼냈다.

현찰 3백 만원과 빳빳한 십만원짜리 수표 40장이다. 이 판에서 가장 많은 금액이다. 자신의 앞에 이렇게 많은 돈은 타겟이 될 수 있기에 잘 꺼내놓지 않지만, 그가 이러는 것은 따로 이유가 있었다.

다른 장소와 달리 여기서만큼은 좀 허세를 떨 필요성이 있다고 판단한 것이다. 그만큼 그가 앞으로 상대할 인물은 대단한 자였다.

담배를 피던 진동운이 시선을 비틀어 약간 이채를 발휘한 것은 그 시점이었다.

Part 4-5. 욕망이란 이름의 탐그루

Part 4-5. 욕망이란 이름의 탐그루

그다지 특출 난 것은 없었다. 아니 평범함 그 자체라 할 수 있다.

7백만원이라는 지폐 다발이 주는 압도감은 확실히 한 인간의 가치를 상승시키는 역할을 했다. 어디나 그렇듯 도박판에서 그것들은 여자의 엉덩이보다 더 흥분시키는 마약과 같은 욕망의 타겟이 된다.

누군가 카드를 패대기치며 성질을 냈다.

"아! 또 졌네. 씨발! 준호 형? 왜 이렇게 운이 좋은 거야?"

"뭘? 나도 히든에 간신히 들어 왔어. 다섯 판을 내리 지다가 이번 판 한 판 겨우 먹었는데 왜 이래?"

"쳇! 그 한 판이 수십 판보다 더 크니 문제지. 짜증나니까! 어서 돌리쇼!"

포커 판은 계속 돌고 있었다.

모두 날카로운 독사와 같은 눈초리로 상대의 표정과 태도, 습관을 추리하며 베팅할 것인지, 혹은 죽을 것인지, 그도 아니면 조용히 따라만 갈 것인지를 판단하는 과정의 연속이다.

현재 포커판의 흐름은 작은 판은 동운이네 식구들이 많이 이기는 편이었지만, 이상하게 큰 판의 승부가 걸리면 이준호나 이준호의 일행이 아깝게 한 끗, 두 끗 차이로 돈을 쓸어가고는 했다.

그렇게 현금의 흐름이 시간이 지남에 따라 서서히 이준호쪽으로 쏠렸지만 누구 하나 특별히 의심하는 이는 없었다.

허나 현수는 달랐다. 그는 이준호가 어떤 인간인지 이미 회귀 전에 충분히 겪어 봤던 탓이다.

"콜!"

"다이!"

"레이스! 십만 받고 3십만 더!"

"레이스! 3십 받고 8십만 더!

"미치겠네. 6구부터 계속 풀 베팅인거 보니 최소 풀하우스라는 이야기인데? 고민이네."

진동운은 뒷주머니에서 돈을 빼내는 시늉을 하면서 주저했다.

"형님 그러면 죽으세요."

"누가 몰라? 아까우니까 그렇지! 젠장! 다이!"

결국 동생의 만류와 패가 자신이 없었는지 죽고 만다.

이런 모습에 현수는 자신도 모르게 살짝 웃었다.

미래의 진동운을 아는 사람이라면 그에게도 저런 풋풋한 시절도 있었구나 하면서 신기하게 쳐다봤을 것이다.

미래를 아는 자의 특권이다. 그는 상대가 눈치 채지 않게 조심스럽게 접근하고 있었다.

시선은 카드를 섞는 저 여우같은 손가락의 움직임을 놓치지 않는다. 인내와의 싸움이다. 입이 바싹 말라왔다. 그러는 와중에도 침착함을 잃지 않아야 했다.

얼마 후, 그는 맞은편에 앉은 이준호가 셔플을 하면서 섞을 때 무언가 이상함을 눈치 챘다. 그 동작은 웬만큼 눈썰미가 뛰어난 사람이 아니면 발견하기 어려운 것이다.

이준호는 남들 모르게 맨 밑에 무언가를 집어넣고 있었던 것이다. 드디어 찬스가 왔다. 회귀 전이나 지금이나 변한 것이 없었다. 그는 큰소리로 외치며 그의 손목을 강하게 잡는다.

"잠깐! 그 밑에 패 좀 보죠."

"아니? 이 꼬마는 뭔데 이래? 이거 안 놔?"

"그 밑의 왼손에 쥔 패만 보면 됩니다. 어서!"

"이 새끼가!"

갑작스럽게 상황이 돌변하자 낌새가 이상한 진동운이 냉랭한 말투로 경고를 했다.

"가만 있어봐. 준호형! 꿀리는 게 없으면 그럴 필요 없잖아? 안 그래도 계속 한끗 차이로 져서 이상했는 데 까보쇼."

"동운아? …날 의심하는 거야?"

"젠장! 형이라고 말하니까 지가 진짜 형인줄 아나 보네? 내 참, 깝치지 말고 움직이지 마."

"……."

방 안에 있던 건달들은 모두 조용해졌다. 마치 개미 새끼 한 마리가 기어가도 알 정도로 정적이 찾아온 것이다.

이 의미는 그만큼 진동운을 존중한다는 의미일 수도 있었다. 현수는 침을 꼴깍 삼켰다.

지금이 중요했다. 그는 강하게 이준호의 손목을 비튼 뒤에 와이셔츠 소매 밑을 더듬었다. 그와 동시에 십여장에 달하는 카드를 강제로 뒤집었다. 경악에 가까운 신음이 터져 나온 것은 그 시점이다.

"씨발! 저거 뭐야?"

"에이스 두 장이잖아? 저게 왜 저기서 나와?"

"속임수잖아. 미리 패를 조작해서 돌리다니! 이 미친 새끼!"

카드 셔플로 각자에게 나눠줄 예정이었던 십여 장의 카드가 뒤집혀짐과 동시에 험한 욕설이 튀어나온 것은 당연했다.

뒤집혀진 카드는 이러했다. 이준호 본인에게는 가장 좋은 6 트리플을 받게 조작하고, 나머지에게는 퀸 2장, 또 다른 한쪽은 3 트리플과 4 트리플을 배치한 것이다. 속임수가 아니면 절대 불가능한 순서였다. 카드 사기였다.

진동운은 걸걸한 목소리로 고함쳤다.

"아! 씨발! 준호형? 지금 나랑 장난 까자는 거요? 앙?"

"내가 뭘? 뭘 어쨌다고 이래?"

"니미? 그나마 선배라고 대접해주니까 이 씨팍 새끼가 눈깔에 보이는 게 없나? 눈 안 깔아?"

"아, 진짜… 내가 미쳤다고 여기서 카드에 장난질 치겠냐?"

이런 폭발하는 모습에 그 때까지 함께 카드를 치던 이준호 일행 중 하나가 급하게 만류를 했다.

"동운아? 진정하고. 응?"

"꼴갑하네. 너희도 마찬가지야. 끼어들면 다 뒈진다! 앞으로 내 앞에서 입 뻥긋하는 새끼는 골통을 빠개 버릴 테니 모두 찌그러져!"

"……"

"이보쇼? 준호형? 아직도 사기 카드 아니라고 우길 거야? 너 말야? 내가 누군지 몰라서 그래? 정말 죽고 싶어?"

"그, 그게!"

"아! 씨발!"

쩡!

진동운은 거칠게 고함을 치면서 옆에 놓여진 쥬스 잔을 그 자리에서 벽에 던져 깨버렸던 것이다.

유리 파편이 온 사방에 튕기고 모두들 황급히 피하는 사이에 그는 앉은 자세에서 벌떡 일어섰다. 그리고는 사기 포커를 치던 이준호의 멱살을 잡더니 포크 레인처럼 단숨에 들어 올려 그대로 벽으로 밀쳐 버린다.

죽음과 같은 침묵이 방안을 감싼 것은 그 시점이다. 가히 압도적인 기세였다. 키 194cm에 쫙 째진 매서운 동공에는 오금을 저리게 하는 살기가 출렁였다. 적의감이었다.

이준호는 175cm가 안 되는 다소 왜소한 체구다.

일단 상대의 손에 잡히자 버둥대느라 정신이 없다. 마치 그 장면은 포식자 타란튤라 거미에게 걸린 메뚜기처럼 헐떡대면서 애원할 따름이다.

"커, 컥! 숨이 막혀! 제발…."

"병신 새끼야. 내 눈앞에서 속임수를 써?"

"으악!"

"너 뒈질래?"

거친 욕설과 드센 흥분, 사자의 기세가 주위에 가득 내뿜어졌다. 불과 얼마 전까지만 해도 결백하다며 부르짖던 외마디 구호는 이제 그 어디에도 존재하지 않았다.

압도적인 기세다. 죽을 지도 모른다는 공포감에 그만 그는 자존심마저 내팽개쳤다.

"미, 미안! 잘못했다. 사기 친거 인정하마. 그러니…."

"아주 꼴갑하네."

"이 손 좀… 동운아. 컥."

진동운은 피식 웃었다. 원래는 주먹으로 대갈통을 빠개려다 최근 들어 더 끈질겨진 형사의 감시를 생각하자 손바닥을 쫙 펴더니 따귀로 대신했다.

짜악! 짜악!

경쾌한 타격음이 터졌다. 마치 팽이처럼 뺨이 돌아가기 시작했다. 진동운의 손바닥은 정말 거대했다. 그는 그 자리에서 잔인하게 희롱을 하면서 때리고 또 때렸다.

거의 열 대 가까이 따귀를 올리자 이준호의 두 뺨은 퉁퉁 불어 잘 익은 홍시처럼 붉그스름하게 변해 버렸다. 이빨 몇 개가 부러졌는지 처참할 정도로 피가 흥근하다.

"으흑! 컥!"

그 때서야 그는 멱살 잡은 목 부위에 힘을 살며시 놓았으며 복부를 서너대 가격했다. 맞은 이는 그 자리에서 개구리처럼 허리를 굽히며 컥컥대며 울부짖었다.

"병신!"

"으아아악!"

하지만 진동운은 비정했다. 그는 이준호의 머리카락을 잡아 채더니 불쾌한 어조로 비웃었다.

"잘 들어! 넌 앞으로 이 바닥에서 내 눈앞에 띄면 뒈진다. 그리고 남은 돈 다 내놔. 알겠냐? 썅? 대답 안해?"

"네, 네. 알겠습니다."

"어휴! 좃만한 새끼! 어서 꺼져!"

"……."

그는 잔뜩 겁에 질린 채로 오늘 딴 돈 수백만원을 그 자리에서 갖다 바치고는 함께 온 패거리와 함께 비굴하게 사라졌다.

확실히 조폭은 조폭이다. 흔히들 영화 속에서 보여 주는 의협심이니 미화된 모습과 달리 진동운의 손속은 잔인하고 거칠게 없었다.

상대가 자신을 기만했다는 사실을 알게 된 후부터는 그 자리에서 돈까지 깡그리 전부 털어 버렸다.

고등학교 졸업 후, 어린 마음에 양아치 선배들의 행동이 멋지다고 생각했는지 껄떡대는 친구 몇 명과 함께 어울리면서 집을 가출했었다.

그러다 강남역 부근까지 흘러 들어와 친구의 자취방에서 부대끼며 이 곳 하늘 당구장에서 한동안 놀았던 과거의 기억이 있다. 그러다 정말로 우연찮게 진동운 패거리를 알게 된다.

진동운과 그 일행들은 광주에서 상경했다.

그는 어린 시절 광주의 동구와 서구, 북구 3구의 고등학교를 통합시켰던 유명한 주먹 출신으로서 그의 고향 대선배인 OB 동재파 박영만의 부름을 받고 서울로 와서 OB파의 전위대 노릇을 하고 있었다.

진동운은 정현수보다 5살가량이 더 많았고 나머지 패거리들도 3-4살이 더 나이가 많다.

예전에는 단순히 당구장의 인연으로 얼굴만 몇 번 마주친 사이였고, 그들이 카드를 칠 때 감히 끼지도 못하고 그들은 주위에서 어슬렁거리기만 했던 하찮은 위치에 불과했다.

그조차도 우연히 보게 된 진동운 패거리의 잔인함에 겁에 질린 탓에 그 후로 스스로 인연을 끊었던 기억이 떠오를 뿐이다.

장내는 쉽게 정리되었다.

카드 판은 흥이 깨진 관계로 더 이상 벌이지 않았다.

진동운은 흥미를 잃은 표정으로 이준호가 내뱉고 간 현

찰을 챙겨서 그를 따르는 식구들에게 나눠주고 있었다.

그 후, 담배를 태우며 현수를 가볍게 직시했다.

"어이, 형씨? 아무튼 형씨 때문에 고마웠소."

"정현수라고 합니다."

"아, 그래? 정현수씨? 난 진동운이요. 반갑소."

"아, 네."

"배 안 고픈가? 우리 식사라도 하러 갑시다. 거기! 정현수씨도 함께 가는 게 어떻소?"

"저도 좋습니다."

"형석아? 진수! 재철이! 나가서 짱개라도 먹고 오자."

이른바 대한민국 조폭계에서 가장 강했던, 그러나 지금은 서울에 갓 상경해서 아직 촌놈의 거친 맛과 시큼한 열정이 남아 존재하는 진동운과의 첫번째 만남이었다. 그리고 그 만남은 성공했다.

조금씩, 그리고 천천히 다가갈 계획이다.

치밀한 계산이 필요했다. 친분과 인맥이라는 것은 한 두 번 본다고 엮어지는 것이 아님을 그 누구보다 잘 알고 있었던 탓이다.

낳은 정보다 기른 정이 더 크다는 옛말도 있다.

앞으로 사업체를 더 크게 키워나갈수록 더 많은 방해물이 등장할 것임은 안 봐도 알 수 있는 일이다.

그러기 위해서는 진동운과의 적당한 친분은 필요했다.

그 어떤 사업보다 공을 들여야 할 부분이다.

그 이면에는 진동운의 성품 자체가 속된 말로 비열하고 문제가 있었다면 제아무리 미래를 안다고 해도 이런 식으로 접근은 하지 않았을 것이라는 계산도 존재한다.

잘못하면 그가 당할 수 있기 때문이다.

허나 당시 주위의 평이나 그의 직접 경험담, 훗날 언론의 이야기를 취합해 보면 그는 적어도 은혜를 모르거나 혹은 사리사욕을 위해서 동료를 배반할 정도의 나쁜 인성은 아니라는 게 그의 결론이다.

그는 헛된 이상론을 꿈꾸는 낙관주의자는 아니다. 조폭 세계에서 1인자가 될 정도면 그 피로 점철된 일련의 추한 역사를 굳이 추측하지 않아도 알 수 있게 마련이다.

그가 그 자리에 오르기 위해 얼마나 많은 적의 등에 비수를 꽂았고, 잔인하게 짓밟아서 숙청을 했을지는 상상 속으로 충분히 그릴 수 있다.

그것은 마치 그의 어머니가 섹스를 하는 모습이 상상이 안 되지만, 실제로 섹스를 한다는 자체는 진리라는 관점에서 추정하는 것과 동일하다 할 수 있다.

그들이 들어온 곳은 작은 룸이다. 중국집에서 짜장면과 군만두 등으로 배를 채운 이들은 자신이 관리하는 강남역의 업소 중 한 곳에 들러서 술을 마셨다.

그 후 진동운은 맞은편에 있는 정현수에게 건네받은 명함 한 장을 손으로 쥐고는 뚫어져라 쳐다보며 반문했다.

"AMC 엔터? 본부장?"

"네. 사실은 제 회사인데 나이가 어려서 당분간은 사장 대신에 본부장이라는 직책을 쓰고 있습니다."

"이거! 대단한 분이시네. 쩝!"

정현수는 겸손한 표정으로 미소를 보였다.

"뭐 그 정도는 아닙니다."

"그 쪽 소속 연예인은 누가 있어?"

"아직 신생 기획사라 내년 초에 데뷔시킬 예정입니다. 최근에 혹시? 더블 비트의 잘못된 만남이나 빅보이즈의 거짓말이란 노래 들어 본적 있나요?"

진동운은 오른 손을 소파의 뒤쪽으로 원형을 그려 거만한 자세로 앉은 채 동생을 향해 묻는다.

"잘 알지. 잘못된 만남이야 유명하잖아? 안 그래?"

"그렇죠."

"그 곡들 제가 만들었습니다."

"그래? 재능이 뛰어난 건가? 그리고 아까 이준호가 사기치는 것 잡아줘서 고마워."

"아닙니다."

"됐어. 나 진동운이 고맙다고 인사를 한 사람은 지금까지 손으로 꼽을 정도니 당신은 자부심을 가져도 돼."

"그런 낯 간지러운 말보다는 제가 여기 계신 분들게 술 한 잔씩 돌리겠습니다. 받으세요."

"그럴까? 원샷인건 알지?"

"그럼요. 건배!"

"건배!"

"건배!"

이미 중국집에서 간단히 인사를 나눠서 이들이 누구인지는 알고 있다. 김형석, 배진수, 주재철은 모두 진동운의 광주 직속 후배들이었다. 그들 역시 현재 하는 일은 강남역 일대의 OB파 관할 심야 업소를 관리하면서 OB 동재파의 이름으로 상납을 받는 역할을 한다.

낮에는 심심하면 당구장에 나와 당구나 카드를 치고, 가끔씩 분쟁이 발생할 경우 OB파의 최전선에서 이른바 총알받이 노릇을 하고 있었다. 항상 목숨을 벼랑 끝에 놓고 사는 직업 탓인지 눈빛이나 덩치가 예사롭지가 않았다. 흔히들 남자들 사이에서 말하는 기세였다.

회귀 전에 별의 별 일을 다 겪어 본 그였지만, 이런 이들의 기세에 다소 움츠려들 정도니 일반인은 오죽하겠는가?

정현수에게 오늘 벌어졌던 사기 도박 사건에 대한 정식으로 고맙다는 인사가 끝나자 아까 당구 판대기에서 졌던 배진수가 엄지 손가락을 치켜들고 뭐라고 한다.

내용인 즉, 샌님처럼 생긴 것과는 다르게 당구도 잘 친다면서 다음에는 쓰리 쿠션 죽방으로 십만원빵을 하자고 호기롭게 외쳤던 것이다. 그 후, 술집 아가씨들이 입실하여 각자 자리에 앉았다. 그들은 젖가슴의 윤곽이 드러난 타이트한 실크 티를 입은 아가씨들의 애교를 즐기며 알콜에 취해가고 있었다.

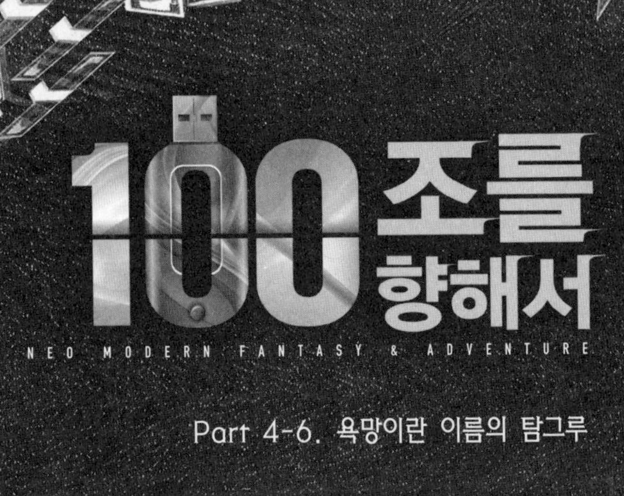

Part 4-6. 욕망이란 이름의 탐그루

Part 4-6. 욕망이란 이름의 탐그루

주재철은 자신의 파트너 여자의 엉덩이를 쓰다듬으며 걱정 어린 표정으로 말했다.

"동재 형님이 감방에 들어가신 지 벌써 4년째입니다. 거기다. 요즘 다른 지역 애들이 툭하면 도발을 하는 데 그냥 참고만 있어야 합니까?"

"뭐, 어쩌겠냐. 영만 형님이 그냥 있으라는 데?"

"저는 솔직히 영만 형님도 너무 움츠리는 게 아닌지 모르겠네요. 명색이 주먹인데 휴우."

"시끄러! 술이나 마시자."

진동운은 넓은 대리석 테이블을 손으로 툭 치며 말을 끊었고, 이번에는 이곳에서 2인자인 김형석이 다른 불만을 토로했다.

"근데 아까 준호 그 새끼? 배때지에 칼침이라도 한 방 놔야 하는 거 아닙니까? 너무 가볍게 보내준 것 같은데요?"

"요즘 형사들이 근처에서 얼쩡거리는 거 못 봤냐? 애들한테 들으니 그 새끼들 툭하면 건수 올리려고 이 일대에서 잠복근무 한다는 소문도 있어. 괜히 그 새끼들 눈에 띌 필요가 있겠어? 우리가 이런 짓하는 것도 어차피 다 잘 먹고 잘 살려고 하는 거잖아? 안 그래?"

"하긴, 뭐 어쩌겠습니까. 이 놈의 인생!"

현수는 가만히 그들의 말을 경청했다. 괜히 첫 만남에 먼저 나서서 튀는 행동을 하는 것은 그다지 좋지 않다고 판단한 것이다.

그는 위스키의 독한 맛을 음미하면서 곰곰이 생각했다. 그가 유념해야 할 부분은 그들이 그를 볼 때 그 스스로의 가치를 보여야 한다는 점이었다.

가장 우려되는 부분은 역시나 진동운이 그보다 머리 위에 서는 시나리오라 할 수 있다.

그가 원하는 것은 강력한 힘이다. 그 힘은 통제가 어느 정도 가능해야 효율적인 무기로 인정받는다. 제멋대로 움직인다면 제아무리 예리한 칼이라도 빛 좋은 개살구가 될 것이다. 쉽지 않아 보였다.

그 반면 적지 않은 확률로 이길 가능성도 존재한다.

될 수 있는 한 상대에게 그가 필요한 존재임을, 그리고 만만치 않은 존재임을, 인연을 맺게 되면 도움이 될 수 있는 존재라는 것을 앞으로 천천히 각인시키는 작업을 해야 할 것이다.

묘하게 다리를 꼬고 앉아 담배를 피워대는 파트너의 섹시한 붉은 입술이 연신 자극만 해 온다.

작은 룸은 끈끈한 욕정의 향기를 내뿜으며 추한 인간들의 향연을 그저 보고도 못 본 척 그저 그렇게 우두커니 지켜볼 따름이다.

*

"…몇 몇 대형 유통상들이 저희 만화책을 받지 않겠다고 하는 데 어떻게 해야 할지 좀 난감합니다."

오늘은 정식 회의였다. 그런 관계로 모처럼만에 엔터 사업 팀을 제외한 출판 팀 4명 전원이 모여 앉아 보고를 하는 중이다. 정현수 본부장은 상석에 앉아 근심 어린 빛으로 반문했다.

"대체 이유가 뭡니까?"

"그 쪽 담당자들 이야기로는 저희가 신생 출판사라서 그렇다고 합니다. 알다시피 출판사라는 업종 자체가 진입장벽이 낮은 곳이라 매년 새로 생기고 망하는 출판사가 하도 많아서 그들로서는 어느 정도 검증이 안 된 출판사와는 거래를 안 한다는 게 내부 원칙이라 하더군요."

"…그러면 다른 곳은 없습니까?"

"작은 도서 유통 업체는 꽤 있지만 문제는 그들만으로 전국 커버가 힘들다는 것입니다. 수도권이야 그들이 물건을 못 넣는 곳은 번거롭더라도 저희가 발로 뛰면 되지만, 문제는 지방입니다."

"그게 무슨 뜻이죠?"

"극단적으로 말해서 만화책 1권 때문에 저 밑의 전라도의 이름 모를 개인 서점까지 대금 회수 문제로 출장을 가는 상황이 발생할 수도 있다는 겁니다. 이 경우 못할 것은 없지만 당연히 배보다 배꼽이 더 커집니다."

한숨이 나온다. 생각하지 못한 난관이었다.

그나마 이직 전까지 다른 출판사에서 일했던 베테랑들이라 이런 난관에도 흔들림 없이 대처할 수 있는 전문 지식이 있어서 그나마 다행이라면 다행일 것이다.

그 때 김명조 과장이 끼어들었다.

"원래 신생 출판사는 다 이렇습니다. 만약 슬램덩크가 정말로 경쟁력이 있어서 시장에서 호응이 오면 지금 저희가 고민하는 이런 문제들은 쉽게 해결될 수 있을 겁니다. 먼저 차분하게 저희가 할 수 있는 부분만 처리하면서 진행 상황을 기다려 보는 게 어떨까요?"

"과장님 말씀도 틀린 말은 아닌 것 같군요. 현실이 그렇다면 뭐 특별한 방법은 없겠죠. 일단은 교보문고나 종로서적같이 대형 서점 영업에 특히 중점을 둬서 영업을 하시고, 책 유통업체 중에 저희와 거래 의사가 있는 곳만 거래를 트는 것으로 협의를 끝내겠습니다."

"그리고 아직 슬램덩크의 최종 출고 가격을 정하지 못했는데 반품율을 어느 정도로 잡아야 하는지 모르겠습니다."

"반품율이요?"

강상무는 본부장이 어리둥절해 하는 표정을 드러내자 약간 답답하다는 듯이 부연 설명을 추가했다.

"어느 출판사나 신간이 출간되면 그 전에 반드시 내부 출고 가격을 정해야 합니다. 그 가격 속에는 기본적으로 인쇄 및 제본 비용인 직접 생산 비용과 배송, 교정/교열 및 편집비용에 영업, 홍보 등 간접 생산 비용을 넣는 데 이 부분까지는 이미 원가가 거의 정해진 상태입니다. 허나 저희 쪽은 다른 업종과 달리 반품율이라는 특이한 시스템이 존재합니다."

"서점 위탁 판매 시스템인 반품율이라는 변수로 인해 이익률 산정이 안 되고 그래서 출고 가격을 정할 수 없다는 뭐… 그런 뜻 아닌가요?"

"맞습니다. 그래서 이 반품율 때문에 책에 대한 매출이 단 시일내에 확정이 안 되는데 이에 대한 관리 지표를 객관화시켜서 데이터를 만드는 게 가장 중요합니다. 허나 실질적으로 반품율은 책의 인기와 큰 상관관계가 있기 때문에 예측은 가능해도 정확히 맞추기 어려운 것이 현실입니다. 결국 이럴 경우 오랜 현장의 경험을 바탕으로 계산하는 수밖에 없습니다."

"잠깐! 다 좋습니다. 그러면 최근 2-3년간 업계 평균은 얼마인지 아시나요?"

"정확한 자료는 조사해봐야 알겠지만 아마 평균 35% 내외 수준일 겁니다. 본부장님이 최종 결정권자이니 슬램덩크 만화책의 반품율을 가상으로 설정하시고 거기에 대금회수율에 대한 부분을 차감한 후, 이익 20-30%를 붙이는 게 일반적인 이쪽 업계의 통례입니다."

현수는 혀를 끌끌 차면서 궁금한 점을 물었다.

"관리비 포지셔닝은 어떻게 하죠? 저희가 매월 2천만원이 넘게 순수 관리비로 지출이 되는 데 그 중 엔터쪽이 직원이 더 많으니 대충 포지션 비율을 7 대 3 으로 잡으면 출판사업팀이 벌어야 하는 돈이 7백 만원 수준이 될 겁니다."

"……"

"아직 매출이 전무한 상황에서 이 7백 만원을 전부 관리비로 차감시키면 BSP 손익 분기점의 원가가 급격하게 높아질텐데 이 부분은 고려해본 적 있습니까?"

강상무는 그 말에 동의하기 어렵다는 듯이 대꾸했다.

"정상적인 회사라면 밑의 2층, 3층을 텅 비게 놔두지 않을 테니 대충 4백 만원 정도를 출판 사업팀이 부담해야 하는 몫으로 하는 게 옳지 않겠습니까?"

"음, 그 부분도 틀린 말은 아니군요. 좋습니다. 아무튼, 여러분들의 의견 잘 들었습니다. 반품율이나 관리비용이나 어차피 어떤 기준으로 포인트를 설정하느냐에 따라 그 기준치는 달라질 테니 여기서 확정할 수 있는 상황은 아닐 겁니다. 상무님? 그러면 역으로 이렇게 물어보죠. 다른 만화책의 소비자 가격과 비교할 때, 얼마가 비슷한 수준이라고 보십니까?"

"현재 드래곤볼 한 권이 3,800원에 판매되고 있습니다. 저희가 이 가격에 맞출 경우 63%로 계산하면 출고가는 2,400원이 나옵니다."

정현수 본부장은 팔짱을 낀 채로 잠깐 눈을 감았다. 업무적으로 선택을 해야 하는 상황이 오면 습관적인 버릇 중 하나였다. 그는 나지막한 어조로 입을 뗐다.

"상무님?"

"네."

"앞으로 슬램덩크 출고 가격은 2,700원에 맞추세요."

"네? 아니? 그러면 최종 소비자 가격이 4,300원에 육박하게 됩니다. 너무 비싸지 않을까요?"

"왜요? 서점에서 뭐라고 합니까? 어차피 위탁 판매인

데?"

"그, 그건 아니지만… 아무래도 소비자들의 입장에서 거부 반응이 나올 것은 분명합니다."

정현수는 자신 있다는 듯 말했다.

"괜찮습니다. 슬램덩크는 비싼 만큼 제값을 받을 것이라고 제가 장담하겠습니다."

"물론 그렇기는 해도…."

"아무튼 권당 출고가격이 높으면 당연히 이익률은 높아지겠죠? 이럴 경우 반품율을 15-20% 로 대폭 낮추고 초판 5만부를 찍었을 때 이익률이 얼마나 나오는 지 가상 시뮬레이션 해보세요."

"대금 회수율은 어느 정도 수치로 맞출까요?"

"일단 빼 놓으세요. 정 안 되면 작은 서점하고는 현찰 박치기 아니면 거래 안 하면 되니까요."

"알겠습니다. 음, 계산을 해보면 이럴 경우 이익률이 대략 45-50%까지 나옵니다."

"좋아요. 빙고! 그렇게 진행합시다. 더 이상 질문은 안 받겠습니다."

"네."

"복싱을 배우고 싶다고?"

"그렇습니다."

복싱 관장은 약간 귀찮다는 투로 문을 열고 들어와 현수에게 말을 건네고 있었다. 그는 고개를 들어 관장실을 보았다. 낡은 매트와 땀내 가득한 운동복, 곰팡이가 뿌옇게 낀 벽지까지 허름하기 짝이 없었다.

해골처럼 생긴 왜소한 체구의 관장은 소파에 앉아 있는 현수를 훑더니 떨떠름한 표정을 짓는다.

"경력은 있어?"

"없습니다."

"우리는 일반인은 교습 안 해. 미안하지만 다른 데 찾아봐."

"다른 곳도 마찬가지였습니다. 복싱을 꼭 배우고 싶습니다. 물론 교습비는 충분히 지급할 용의가 있습니다."

"돈 많나 보네? 하긴 요즘 복싱이 돈 안 된다고 애들이 툭하면 떠나서 우리도 힘들긴 해."

"매일 저녁 6시부터 8시까지 2시간 훈련에 삼십만 원 어떻습니까?"

관장은 생각 외의 제의에 잠시 생각하는 눈치였다. 그러더니 마른 침을 꿀꺽 삼키며 말했다.

"사십만 원. 그 대신 기본기는 신경 써서 가르쳐 주지."

"그러도록 하죠. 오늘부터 시작입니까?"

"오늘부터 시작해. 노파심에 하나만 말하지. 특별한 이유가 없는 한 매일 나와야 한다는 조건은 걸어야겠어. 복싱은 애들 장난이 아니야."

"명심하겠습니다."

협상은 전광석화처럼 진행되더니 끝났다. 운동선수 특유의 호쾌한 성격 때문일까? 관장은 현수에게 열심히 하라면서 어깨를 두드려 기를 북돋아 주었고, 그를 데려가 트레이너에게 소개시키며 특별 당부도 잊지 않았다.

트레이너는 그보다 7-8살은 많아 보였는데 예전에 전국 아마추어 복싱 대회에서 서울대표 3위로 출전한 경력도 가지고 있던 인물이었다. 그는 현수를 보자마자 약간 인상을 찡그리더니 간단히 인사만 하고는 바로 기본기부터 들어갔다.

"좀 더 무릎 굽혀!"

"윽!"

"다리는 어깨 넓이로 벌리고!"

"…이렇게요?"

"그래. 좋아!"

"……."

"그 자리에서 3분씩 총 6회 제자리 뛰기 시작!"

시간이 흐름에 따라 하얀 반팔 셔츠에는 땀방울이 조금씩 맺히고 있었다.

복싱 자세에서 제자리 뛰기가 끝나자 다시 트레이너는 그 자세에서 왼손과 오른손은 허리 뒤로 포갠 상태로 앞뒤로 움직이기를 주문했다.

천천히 고통은 파도처럼 밀려왔다. 겉으로 볼 때는 별 것 아닌 자세였지만 의외로 힘들었던 탓이다. 상상 이상으로 육신은 나약했다. 지루할 정도로 반복의 연속이다. 관절이 가장 먼저 비명을 질렀고, 뒤이어 호흡이 가빠온다. 혈액이 미친 것처럼 빠르게 돌면서 거칠게 펌프질을 해댄다. 점점 더 다리에 힘이 풀렸다.

그나마 조깅으로 꾸준히 심폐 근력을 단련해서 이 정도였지 고작 삼십여분을 못 버텨서 얼굴이 샛노래졌다.

"5분 휴식!"

"휴식!"

"이 봐. 아저씨? 고작 그 정도도 힘들어서 무슨 복싱을 하겠다고 그래? 오늘은 첫날이니 줄넘기 천개씩 3회로 끊어 볼테니 한 번 해 봐."

"네!"

트레이너의 비웃음은 한귀로 듣고 흘렸다. 그저 자괴감이 온 몸을 감쌌다. 이토록 약하다니? 너무 기가 막혀서 순간 실소가 나왔던 것이다.

그 동안 새로운 관원이 들어왔나 슬쩍 확인하던 현역 복싱 선수 몇 몇은 그냥 일반인임을 알더니 신경을 끄고는 자기 할 일에 여념이 없었다.

그들은 샌드백을 치면서 주먹 연습을 하든지 거울을 정

면으로 응시한 채 자세를 가다듬으며 각자 훈련에 매진하는 모습이다.

허나 그런 첫날의 관찰도 정작 줄넘기가 마지막 3번째 구간에 접어들자 욕지기가 나올 정도로 피로감을 느껴야 했다.

"헉헉!"

"잘했어. 잠시 휴식!"

"…네. 헉헉!"

다리가 풀린다. 머리속은 하얗게 변하면서 오바이트가 날 뻰 했다. 땀은 이미 목덜미까지 뒤범벅이 된지 오래다. 머리카락은 마치 물에 빠진 생쥐와 같은 모습이다. 하지만 이대로 끝낼 수는 없었기에 현수는 호흡을 가다듬으며 말했다.

"저기? 트레이너님?"

"왜?"

"이거 끝나고 벤치 프레스 좀 하고 싶은데 괜찮을까요?"

"그러든지. 근데 어떻게 하는지는 알아?"

"네. 기본적인 것은 다룰 줄 압니다."

그가 어찌 모르겠는가. 회귀 전에 삼류 양아치처럼 한창 깝죽거릴 때 근육 만든다고 별 짓을 다 해봤으니 어떤 식으로 벤치 프레스 및 운동 도구를 다루는 지는 잘 안다.

굳이 따로 헬스클럽을 가느라 걸리는 시간보다 여기서

복싱을 배우고 바로 30-40분 정도 근력 운동을 해주면 일석 이조의 효과를 얻을 수 있을 것이다.

원래 처음의 계획은 일본 유술이 원류로서 훗날 브라질의 그레이시 가문이 변형시켜 재창조한 주짓수를 배우려 했었다.

주짓수는 실제 길거리 싸움이 벌어졌을 때 적을 제압하는 데 있어서 가장 효과적이라는 관절 타격기인데 적의 약점인 관절을 꺾고 부숴 버리는 무서운 살인 기술이다. 특히나 쵸크(조르기)와 암바(꺾기)에 한번 걸리면 시전자가 풀지 않는 이상엔 쉽게 불구가 될 정도로 강력한 위력을 지닌다 할 수 있다.

허나 주짓수는 그라운드 기술이라는 약점 때문에 적과의 거리를 좁히지 못할 경우 적의 타격기에 의해 허무하게 지는 경우가 비일비재하다. 쉽게 말해 1 대 1에서는 최고의 무술이지만, 2명 이상의 집단과 붙으면 큰 효용성이 없는 기술로 전락한다.

주짓수는 2천년대에 들어서야 한국에서 큰 인기를 끌었고 아직까지는 들어오지 않은 상황이었다.

그런 관계로 먼저 복싱부터 배우기로 마음 먹었던 것이다.

팔근육에 무리가 가지 않는 적절한 무게의 아령 운동과 가장 가벼운 중량의 벤치 프레스, 그 외에 복근을 단련하면서 첫날의 훈련을 힘들게 끝마쳤다.

진동운과 함께 하기 위해서는 그 역시 최소한의 자격은 필요했다.

사교라는 것은 상대에게 무엇을 얻기 위해서 내가 어떤 것을 그에게 줄 수 있는 지를 깨달아야 훌륭한 파트너십이 형성될 수 있는 법이다. 이해타산이 없는 순수한 프렌드쉽은 그야말로 달나라의 토끼가 방아 찧는 멍청한 스토리텔링에 불과하다.

격한 운동 후의 밤거리의 화려한 야경은 보통 때와는 다르게 어색하게 다가오고 있었다. 중국 속담에 티끌 모아 태산이라는 평범한 진리가 있다. 오늘 배운 복싱의 기본기를 머리 속에 상상도를 그려가며 상쾌한 마음으로 집으로 향했다.

정현수는 학교를 파한 후에 다음 날 오후 1시 반에 맞춰서 직원들의 인사를 받으며 사무실로 발걸음을 옮겼다.

그 동안 나름대로 적당한 수준에서 조이고, 풀어주면서 관리를 해준 탓에 직원들이 현수를 보는 눈은 나이가 어리다고 초기에는 알게 모르게 깔보는 경향이 존재했지만, 이제는 확실히 달라졌다.

치밀한 일처리와 논리적인 주장, 그리고 겸손하면서도 당당한 태도에 대다수는 그를 인정하면서 함께 AMC 엔터테인먼트라는 작은 배의 노를 휘저어 전진하기를 원했다. 물론 그렇다 해도 여전히 점심시간 이후에 출근하는 눈꼴시린 금수저를 물고 태어난 것으로 추정되는 오렌지족 안경잽이의 뒷통수를 향해 조용히 투덜대며 업무의 피로감을 푸는 행위는 여전했다.

그 때 나혜수는 연습생 아이들과 춤 연습을 끝낸 후, 잠시 쉬기 위해 1층의 소파에 앉아서 수다를 떨고 있었다. 아이들은 본부장이 들어오는 것을 확인하자 모두들 앉은 자리에서 일어나 예의 바르게 인사를 했다.

“안녕하세요? 본부장님?”

“아, 네. 쉬는 중인가 보네?”

“네.”

“그래요. 열심히 하세요. 그럼.”

나혜수는 이런 그들의 모습을 보면서 마른 침을 꿀꺽 삼켰다. 그녀는 자신과 21살로 동갑인 이수현의 허벅지를 살짝 치면서 애매모호한 어투로 반문했다.

“굳이 그렇게까지 인사를 할 필요 있어? 본부장이라고 해봤자 우리 또래던데 넌 자존심도 없니?”

“넌? 갑자기 왜 이렇게 정색이야? 그게 뭐가 어때서?”

“…그건 아니고.”

뒤이어 가장 나이가 많은 이아름이 끼어 들었다.

“혜수야. 어차피 사회라는 게 나이로 결정되는 게 아닌

데 뭐 어때서? 저 사람한테 잘 보여서 나쁠 건 또 뭔데?"

"대체 왜 이래? 흥! 우리가 회사 직원도 아니고 이제 그룹으로 데뷔할 텐데 실력만 좋으면 저딴 애송이 눈치 볼 필요도 없지 않아?"

"너? 어제 밤에 술 마시고 숙소에 남자 찾아왔다고 점수 깎인 것 때문에 그러는 거 맞지?"

아름의 훈계에 혜수는 짜증난다면서 얼굴을 붉혔다. 그녀는 확실히 기억하고 있었다. 며칠 전 영동 고등학교 교복을 입고 청담 사거리를 지나던 본부장의 모습을…. 그녀는 입술을 잘근 씹으면서 투덜거렸다.

"아니! 언니도 생각해봐? 자기네들이 무슨 권리로 연습생 생활 어쩌고 하면서 강제로 숙소에 집어넣고 월말 평가로 2명은 퇴출시킨다고 하는 데 대체 세상에 이런 법이 어디 있어? 안 그래? 지네들이 뭔데?"

Part 5-1. 100,000%의 신화를 기록한 주식

Part 5-1. 100,000%의 신화를 기록한 주식

"혜수야. 너무 흥분하지 말고. 네 마음은 이해하는데 그래도 어쩌겠니? 일단 그룹으로 데뷔할 때까지만이라도 꾹 참고 있자. 응? 그 후에는 우리도 우리 권리를 찾으면 되잖아?"

"그래. 인정할 건 인정해야지. 사회라는 게 네가 생각하는 것처럼 그렇게 만만한게 아니야. 예전에 나랑 같이 업소에서 춤추던 친구도 건달 있는 기획사에 들어가서 맨날 집적거리고 장난 아니라 하더라. 그래도 여기는 정상적으로 푸시해주고 다른 곳보다 믿을만 하던데 이 정도면 괜찮지 않니?"

"괜찮기는 뭐가 괜찮아. 난 숨 막혀 죽을 것 같던데!"

"나혜수! 나도 한 마디 할게. 너 어제 술 완전 취해서 숙소 들어온 거 이미나 팀장이 위에 보고 안 한 거 모르니? 만약 보고했으면 잘렸을지도 몰라. 제발 좀 정신차려."

생각과 다르게 그녀의 의견과 반대되는 의견에 나혜수는 인상을 붉힐 수밖에 없었다. 다소 당혹스런 기분이다.

어린 시절부터 화려한 외모로 늘 그 또래 아이들 사이에서 주도권을 잡고 리드를 하던 성향이 지금 이 곳에는 오히려 소외 비슷하게 나타나기에 더 반발심이 컸는지 모른다. 더구나 학교보다 더 타이트한 스파르타식 제도가 아닌가? 나혜수처럼 정치적이고 이해타산이 빠른 아이에게는 몸에 어울리지 않는 옷을 입은 것 같은 느낌이아닐 수 없다.

결국 나혜수는 비꼬듯이 대답했다.

"흥! 그러든지 말든지."

이수현은 평소 성격이 안 맞는 나혜수의 나대는 모습에 혀를 끌끌 차면서 냉정히 고개를 돌렸다.

"누구나 각자 자기의 의견이 있으니 네가 그런 생각하는 건 뭐라 안 그러겠는 데 제발 우리 팀에 피해는 안 줬으면 좋겠어. 내가 여기까지 어떻게 해서 온 줄 넌 모를 거야. 솔직한 말로 나는 연예인이 된다면 뭐라도 할 자신 있어. 너야 우리 중에 노래도 제일 잘 부르고 얼굴도 반반하니 괜찮을지 몰라도 나는 아니야. 세상이 너처럼 그렇게 호락호락한 것 같니? 난 먼저 간다."

"야, 야! 저, 저게!"

나혜수는 이수현의 마지막 말에 그만 할 말을 잃은 듯 허리에 손을 댄 채로 씩씩거릴 뿐이다.

"생각보다 판매량이 저조하네요?"

"…이 정도면 좋은 편 아닌가요?"

변 부장은 본부장의 물음에 이해가 안 간다는 듯이 대답하고 있었다.

허나 정현수 본부장은 보통 때와 달리 유독 까칠하게 되받아쳤다.

"벌써 2주가 지났는데 초판 5만부 중에서 2만부도 안 나가면 어쩌자는 겁니까?"

"하지만 본부장님? 본부장님이 잘 몰라서 그렇지 이 정도면 괜찮은 편입니다. 서울 문화사에서 수입한 드래곤 볼의 후광 때문인지 몰라도 생각보다 주문도 양호한 편입니다."

"아직 멀었어요. 물론 드래곤 볼하고 비교하기에는 시기상조인 것은 알지만 그래도 실망은 실망입니다."

변 부장은 나이 어린 본부장에게 질책 듣는 것이 불쾌한지 언성을 대뜸 높여온다.

“그 쪽은 아이큐 점프라는 주간지가 있습니다. 주간지로 해당 독자층에게 만화책의 인지도를 높인 후, 단행본으로 엮어서 내보내니 당연히 판매량이 좋을 수밖에요.”

“알겠습니다. 아무튼 이번 달 중순에 슬램덩크 2권이 일본에서 나올 겁니다. 우리는 일본과 거의 동시에 출간할 테니 그렇게 알고 준비해주세요.”

“집영사에서 패키지로 사온 5종의 연재 만화는 어떻게 하실 생각입니까?”

“그것들은 일단 보류하세요. 지금 거기까지 신경 쓸 여력이 안 됩니다.”

“네. 그러죠.”

변 부장의 굽은 등을 지켜보던 정현수는 마른 침을 꿀꺽 삼켰다.

의외였던 것이다. 과거의 슬램덩크는 그야말로 공급이 수요를 따라가지 못할 정도로 인기를 끌었던 초히트작의 신화를 쓴 작품이다. 그런 생각에 당연히 이번 미래도 자연스럽게 흘러갈 줄 알았으나 현실은 다소 달랐다.

물론 변 부장의 설명대로 아직 한 달도 안 지난 상황에서 2만부나 나갔다는 건 괜찮다는 반증이라 할 수도 있다. 허나 그가 지향하는 목표점과 변 부장이 생각하는 목표점 사이에는 너무 큰 갭이 존재한다. 그래서 그토록 짜증을 낸 것이다.

"젠장! 제대로 되는 게 없군."

그나마 이번에 나라 기획이 육성한 Big Boys 의 데뷔곡인 '거짓말' 과 '여름 이야기' 가 돌풍을 일으키며 안정적인 자금원 역할을 하지 않았으면 회사는 어찌 되었을까?

빅보이즈는 더블 비트 때처럼 순식간에 백만장을 돌파하는 위엄은 보이지 않았지만, 확실히 노래는 좋다는 평이 압도적이었다. 허나 그도 잠시다.

잘 나가던 그룹에게도 거대한 균열이 찾아왔다. 5인조 남성 그룹 Big Boys의 멤버 중 하나가 큰 문제를 터트린 것이다.

사건은 바로 이러했다. 흔히 이 계통이 그렇듯이 다소 플레이보이와 같은 기질이 있던 그 멤버는 데뷔 전에 나이트에서 몇 번 여자와 질척하게 놀았고, 데뷔가 임박하자 일방적으로 이별 통보를 해버린다. 여자는 이에 앙심을 품고 복수를 시작한 것이 발단이 된다.

그녀는 한창 잘나가던 빅 보이즈의 그 멤버에게 뜬금없이 성폭행 문제로 소송을 진행시켰던 것이다. 이 소송은 자극적인 취재감을 찾던 언론에 대서특필 되면서 한동안 떠들썩하게 메인을 장식한다.

이 추접한 스캔들은 이미지가 생명인 아이돌 그룹에게 치명타로 작용하여 한달만에 사십 만장 돌파가 유력시 되던 앨범 판매량은 그 후로 급격하게 감소하고야 만다. 그 후 각종 방송 출연이 막히는 것은 물론이고, 가요 차트 인기 순위에서 폭락하면서 타의 반, 자의 반으로 첫 활동을 의도치 않게 빠른 시기에 접게 된다.

나라기획 사장이 화가 머리끝까지 치밀어 오르는 것은 당연한 수순이다. 그는 뒤통수를 맞았다고 생각했는지 냉정하게 바로 그 놈을 퇴출 시키고는 다른 새로운 멤버를 충원한다.

아무튼 이런 우여곡절을 겪고난 후, 얼마 전 현수에게 입금된 잔액은 1억이 약간 넘는 작사작곡료였다.

이전 더블 비트 때와는 달리 인세율을 10%로 계약했기 때문에 생각 외로 앨범이 안 나가, 찬형에게 50%를 나눠 주었음에도 이 정도 금액이 입금된 것이다.

물론 이 금액도 슬램덩크를 5만부나 인세 하는 데 들어간 제작비용과 이번 달 지출로 거의 7천 만원 가까이 빠졌으니 생각 외로 현금 증가분은 크지 않았다.

문득 달력을 응시했다.

이제 1991년 10월이다. 그는 약간 피로함 때문인지 눈을 천천히 감았다.

학창 시절에는 흔히 말하는 나약하고 소극적이었던 아이였고, 졸업 후에는 뒤늦은 늦바람 때문에 의리 없는 하이에나와 같은 무리들과 이리저리 배회를 했던 것으로 기억한다.

그 때는 가출도 하고, 당구도 치면서 온갖 개폼은 다 잡으면서 자신이 뭐라도 되는 것처럼 껄떡거렸다.

그런데 지금 생각하면 우스운 게 정작 제 3 자의 객관적인 시선으로 보면 그는 이도저도 아닌 그저 비루한 삼류 양아치 수준에 불과했으니 한심하기 그지없어 보였다.

그 후, 참 많은 일을 했다. 긍정적인 면으로 관조하면 다양한 업계에서 새로운 것을 배울 수 있었다는 장점이 존재했으나, 반대로 부정적인 면에서 관조하면 그만큼 제대로 정착을 못하고 방황하던 어설픈 부나방과 같은 일생이 아닐 수 없다.

젊은 시절 그는 중소 가구 공장에서 수금과 매출을 책임지는 영업 관리를 했다. 그러던 어느 날 회사가 중국 현지에 공장을 설립하면서 그는 회사의 발령으로 꼼짝없이 중국 공장의 관리자 중 하나로 파견 나가는 경험을 한다.

아마 2천 년대 초였던 것 같다. 당시에 싱글이라는 적적함으로 공장의 조선족과 친해져서 그 놈과 이런 저런 유흥 문화를 꽤 즐겼던 것으로 기억한다.

그러다 중국 주식으로 화제가 옮겨졌고 한창 대세 상승기였던 그 시절 그 조선족이 주식으로 돈 번 자랑을 부럽게 듣다가 이런 대화가 오고 갔을 것이다.

– 현수씨. 뭐 그렇게 너무 부러워할 거 없어. 현수씨도

여유 자금이 되면 중국 주식 중 아무거나 사놓으라고. 그냥 주식 사서 장롱에 쳐 박아 놓기만 해도 요즘 같은 장에서는 몇 십퍼센트 버는 건 아무 것도 아니야. 현수씨도 생각해봐. 뼈빠지게 회사에 충성해봤자 남는 게 뭐가 있냐고? 안 그래?

– 됐어요. 가진 돈 없어요. 있어도 뭐 종자돈이 얼마나 된다고 중국까지 와서 주식 투자를 할까? 한국 주식도 괜찮은 거 많아.

– 그게 아니라니까. 며칠 전에 CCTV 2 경제 채널에서 요즘 증권 시장에 대해 5부작 다큐를 방영해주는 데 전 세계 통틀어서 몇 년간 데이터를 뽑아 보니 상하이 지수가 가장 많이 올랐다고 하더라구. 그만큼 전문가들이 중국 경제 성장의 추이나 13억 내수 시장을 보면서 중국의 미래가 확고하다고 판단 한 게 아니면 불가능하지. 안 그래? 쯧쯧! 자네 그건 아는지 모르겠네?

– 뭐요?

– 나도 어제 증권 다큐 보면서 알게 된 사실인데 세계 역사상 가장 많이 오른 개별 주식도 중국 주식이라 하더

라. 처음 중국 상해 증권 거래소가 개장했을 초기에 상장 하자마자 천 배나 오른 주식이 있었대.

– 천배요? 뭐 대단하긴 대단하네요. 근데 그건 형씨가 잘 몰라서 하는 이야기고 한국에도 과거 차트 따져보면 개미주 중에 1000% 이상 나오는 주식도 제법 있지 않았나?

그 때는 별 생각 없이 그냥 K-TV 룸싸롱에서 여자의 젖을 만지며 술김에 서로 잘난 척하다가 흘려 넘겼던 이야기에 불과했다. 허나 그 다음 그의 이야기는 확실히 회귀 후에도 음미해볼 필요성은 있었다.

그 조선족은 당시 정색을 하면서 이렇게 발끈했던 것으로 기억했다.

– 무슨 1,000%? 말 그대로 1천배가 상승했다니까! 당시 개혁 개방의 첫 디딤돌로 서구 문물을 받아 들인 작품이 증권 거래소인데 회사명이 '상' *** 뭐라고 하던데, 그 주식이 천 배가 뛰었다고 어제 CCTV에서 방영했어. 종목 숫자는 적고 지금과 다르게 상하한가 제한폭 설정이 없는 1990년대 초의 일이야. 주식이 뭔지, 주식의 가치가 어떤 것인지도 모르는 중국 서민들은 그저 지금 증권을 사면 대

박을 친다는 루머만 믿고, 기하급수적으로 폭등한 케이스라면서 나레이터가 강하게 비판을 하더군.

– 알았어요. 네, 네! 천 배! 천 배라니 기겁할 노릇이군요. 믿을게요. 믿을테니! 자, 마십시다!

그는 나지막하게 신음을 토했다. …천 배라. 수익률로 계산하면 100,000%인가?

갑자기 머리가 아찔해졌다. 이 말을 정말로 믿어야 할까? 거대한 의문이 솟구쳤다. 인간이 만들어 낸 합법적인 투자 중 가장 도박성이 크다는 주가지수 양 옵션 매수로도 나올 수 없는 상승률이었다. 선물 옵션보다 더 리버리지가 큰 외환 딜링이면 어쩌면 가능할지도 모르겠으나, 아무튼 현실감이 전혀 와 닿지 않는 허황된 말로 들리고 있었다.

허나, 지금에 와서는 반드시 그의 말이 거짓이라고 단정을 지을 필요까지는 없어 보였다.

그 허풍이 단지 신빙성이 없을 수 있는 지인에게 들었다고 하면 그냥 지나쳤을지 모른다. 그러나 불행하게도 중국 국가 공영 방송인 CCTV의 다큐라면 그 신뢰도는 대폭 올라갈 수밖에 없으리라.

그런데 시기가 기억이 나지 않았다.

벌써 여러 번째 기억을 되감아서 냉정히 추리를 해보지

만 언제 그 주식이 상장되어서 어떻게 폭등을 했는지가 나오지 않는다.

거기다 천 배라니?

모른다. 백 배쯤이라면 이 계통의 비전문가인 척, 그러면서 거짓으로 믿는 척 할 수 있으리라.

천 배가 왜 허황된 이야기인가 하면 아무리 주식에 거품이 잔뜩 끼어 있다 해도 그 정도 수준으로 주식 가치가 증가하면 웬만큼 현금이 모이지 않으면 어렵기 때문이다. 아무리 그 당시 중국이 낙후되었다 해도 증권 거래소에 상장이 될 정도면 기본적으로 회사의 시가 총액은 나온다고 할 수 있다.

거기에 1천이라는 숫자를 곱해보자.

과연 시가 총액이 얼마가 나오겠는가? 몇 조? 잘못하면 몇 십조도 가능하다. 아무리 화폐 가치가 절하되었다 해도 2014년 회귀 전 한국에서도 몇 십조의 시총을 가진 주식은 손에 꼽을 정도였을 것이다.

그런데 1990년대 초 폐쇄된 중국 사회에서 그만한 가치의 기업이 나올 수 있을까?

극도로 회의적이다. 과거에 주식과 선물 옵션에 미쳐서 이 분야에는 거의 준전문가 수준인 그가 보기에 이것은 말이 안 되는 이야기다.

미국의 자동차 기업 General Motors의 주식을 1930년대 보유했던 개인 투자자가 60-70년이 지나자 주식 가치분이 몇 백배 올랐다는 뉴스는 본적 있다. 오히려 이런 정보가 더 현실성 있는 이야기일 것이다.

그는 고개를 흔들며 이 생각을 접으려 했다. 그러던 그때 문득 이 생각이 들었다.

만약 창업하기 전 비상장 주식 때 가치부터 계산을 했다면? 초기에 회사의 프리미엄이 전혀 없었을 때부터 가장 고점까지의 폭을 계산하면 천 배라는 수익률이 가능하다고 생각이 든 것이다. 아무래도 중국 시장에 대해 조사를 할 필요성이 느꼈다. 알아봐야 할 것이 한 두 가지가 아니었던 탓이다.

그의 눈에 섬광이 빛난 것은 그 시점이다.

일본 나리타 공항에서 출발하여 홍콩 공항에서 환승한 후에 다시 중국 베이징 공항에 도착하는 데 걸린 시간은 무려 9시간이 넘었다. 예전이라면 인천에서 바로 북경까지 직항선을 타고 2시간이면 도착하는 거리였으니 인생무상이 아닐 수 없다.

북경 서두 국제 공항은 넓었지만 스산한 적막감이 감돈다. 거대한 공항 건물에 비해 오가는 유동 인구가 적었던 탓이다.

곳곳에 붉은 글씨와 제복을 입은 경찰들, 무뚝뚝한 표정으로 미루어 이곳이 공산주의 국가라는 사실을 다시 한번 인지시켜줄 따름이다.

아직까지 한국과 중국은 국교가 수교가 되기 전이다. 원칙상 한국과 중국은 적대 국가라 할 수 있다. 우리가 중국에 대해 모르듯이 이쪽 역시도 마찬가지라 할 수 있을 것이다.

그는 한국에 불법 체류하는 한족을 수배해서 돈을 주고 중국 현지에서 친척 초청 형식으로 서류를 꾸몄다. 그 후 홍콩 비자 심사국에서 비자를 받아 입국 심사대를 통과한 것이다.

연길시로 가는 비행기에 올라탄 현수는 물끄러미 광대한 중국 땅을 내려다 본다.

중국이 개혁개방 정책을 실시한 이후부터 중국은 세계의 공장이 되면서 급격한 성장을 하게 된다.

거기서 시류를 잘 타게 된 이들은 억만장자가 되어 훗날 포브스지에 상위권에 이름을 올릴 것이다.

하지만 아직 시간은 그의 편이다. 2014년 한국을 떠들썩하게 만들었던 그 알리바바 그룹의 마윈 회장이 회사를 창립한 시기도 1999년이었다.

한국에서 한창 바쁜 시기임에도 학교까지 결석하고 그가 중국에 온 목적은 딱 두 가지다. 하나는 주식, 또 하나는 인맥.

시진핑, 후진타오 등 훗날 거대 중국의 1인자가 되는 인물은 지금 무엇을 하는 지, 그리고 미리 접촉하여 인맥을 쌓을 기회는 있을지 등에 대한 타당성과 효율성을 검토하기 위함이다. 아마 한 두 번의 출장으로는 부족할 것이다.

100조를 향해서
NEO MODERN FANTASY & ADVENTURE
Part 5-2. 100,000%의 신화를 기록한 주식

Part 5-2. 100,000%의 신화를 기록한 주식

비행기에서 내린 그는 구형 폭스바겐 택시를 타고 연길시로 향하는 중이다.

연길은 흡사 한국의 70년대처럼 그런 푸근하고 친근한 느낌을 준다. 자동차는 그다지 많이 보이지 않았고, 대부분이 자전거나 오토바이 행렬이다. 정현수는 시내의 5 성급 호텔에 짐을 풀고는 택시를 불러서 그가 기억하는 그 장소로 가자고 서툰 중국어로 설명했다.

"在前面的红绿灯右拐。사거리 앞에서 우회전 부탁합니다."

"这个红绿灯是吧? 저 사거리요?"

"是…。师傅。네…, 맞아요. 아저씨."

"这个地方不就是刚才过来的吗？여기는 아까 온데 같은데?"

"不是! 不是这里呀! 还有再掉头吧。다시 우회전 부탁합니다. 아니, 그 쪽이 아니라. 다시 유턴이요!"

"干嘛呀! 烦死了。뭐야? 짜증나 죽겠네."

벌써 40분이 흘렀다. 택시 기사는 연변 대학 근처에서 목적지도 없이 긴 시간을 배회를 하느라 짜증이 올라오는 눈치였다.

이에 귀신 같이 상황을 알아차린 현수는 사과의 말과 함께 백 위안짜리 위안화를 정중하게 들이 밀었다.

"不好意思。师傅。这个受到把。你很辛苦呀。 미안합니다. 이거 별 거 아니지만 고생 많이 하시는 데 받으세요."

"……."

이 시대 서민의 월급이 2-3백위안 수준임을 감안하면 백 위안은 적지 않은 돈이 분명했다. 그런 탓에 기사는 언제 그랬냐는 듯이 찡그리던 인상을 풀더니 운전대를 잡고 계속 골목을 돌았다.

현수는 가물거리는 기억을 부여잡아야 했다. 기억의 바다 저편에 살아 있는 최창섭의 집과 현실 속의 집은 차이가 많았던 탓이다.

무엇보다 그 때는 2003년이었고 지금은 1991년이다. 도로나 건물, 풍경 등 바뀐 환경이 한 둘이 아니다.

중국 칭다오에 머물던 시절, 그는 창섭이 형의 제의로 국경절 휴가를 끼고서는 거의 열흘 가까이 그의 집에 머물렀었다.

단지 그 기억 하나만 믿고 여기까지 찾아 온 것이다. 앞으로 해야 할 일에서 가장 중요한 파트너가 바로 최창섭이었다.

그는 1990년 중반에 인천 남동 공단의 어느 가구 공장에서 거의 10년 가까이 보내다 우연치 않게 그와 같이 중국 파견도 나가게 된다.

최창섭은 다소 거칠긴 해도 확실히 믿음을 주는 인물이었다. 그만큼 누구보다 잘 알고 있었다. 과연 이보다 더 중요한 것이 더 있을까? 그 때문에 굳이 이런 수고로움을 무릅쓰고 찾아갔던 것이다.

여기서 가장 중요한 것은 무엇일까? 바로 명의 문제다. 아무리 대박 주식을 알고 있어도 중국이라는 나라는 외국인의 주식 매입을 원천적으로 금지시키고 있었다.

그 외에도 여러 가지 장애물이 존재하지만 가장 중요한 명의 문제가 해결 되지 않으면 공염불에 불과할 것이다.

어떤 서류적인 안전장치도 필요하겠으나, 일단은 명의 대여자가 본질적으로 어떤 성품을 가졌는지가 가장 중요한 포인트라 할 수 있다.

그렇게 연변 대학의 반경 2km 내외의 골목길이란 골목길은 거의 다 돌다가 좌측의 노점상 뒷골목에서 그는 이윽고 발견할 수 있었다.

'동방면옥 東方面玉' 이라는 2층짜리 남루한 음식점이 한 눈에 들어왔다. 현수가 먼저 본 것은 지저분한 벽지와 바닥에 제멋대로 떨어져 있는 담배꽁초들이다.

손님이 별로 없는 지 내부는 한가해 보인다. 현수를 보자 나이가 많은 아주머니 한분이 다가와 물었다.

"뭐 드실 거죠?"

"냉면하고 수육인가? 저거 주시고… 아! 그리고 한국 소주 혹시 있나요?"

"진로 있어요."

"그것도 한 병 주세요."

아주머니는 슬금 눈치를 보면서 질문했다.

"혹시 남조선 분?"

"네."

"북조선 애들은 가끔 보는데 남조선 분은 또 처음 보네요. 근데 청년 말투가 왜 이렇게 여리 여리한 지…."

"그런가요? 후후. 아무튼 맛있게 해주세요. 요 앞에 호텔에 묵고 있는 데 거기 중국 음식이 너무 느끼해서 도저히 입맛에 안 맞더라구요."

"자, 평소보다 더 많이 담았어요. 많이 드세요."

조선족 특유의 쌀쌀한 말투 속에는 호기심이 섞여 있었다. 그렇게 몇 마디 주인과 대화 후, 그는 자연스럽게 주위를 살피기 시작했다.

그리고 그는 카운터에 있는 이는 바로 최창섭을 발견할 수 있었다. 예전보다 훨씬 젊어졌을 뿐, 걸걸한 말투와 까치머리는 그 때와 다른 점이 없어 보였다. 순간 반가웠지만 그는 인내심을 발휘해야 했다. 아직 자신을 노출시킬 때가 아니라 생각했던 것이다.

"잘 먹었습니다. 음식이 참 맛있네요."

"후후, 관광차 오셨나요? 남조선분은 중국에선 보기 드문데?"

"사업 때문에 왔습니다."

"아, 그래요?"

너무 말을 많이 해도 상대에게 의심을 살 수 있다.

오히려 역효과다. 무엇이든 적당한 게 좋은 법이다. 현수는 그렇게 일단 안면만 트고서는 호텔로 돌아가서 맥주 두어 병을 더 마셨다. 오늘 따라 이상하게 외롭다는 느낌이다.

왜일까? 알콜이 정신을 지배했기 때문일까?

그는 본능적으로 지갑 속에 넣어 둔 작은 수첩을 꺼냈다. 그러더니 교환을 불러 한국으로 전화를 부탁한다.

시계를 본다.

중국 현지 시간은 저녁 8시 10분이다. 한국 시각으로 9시가 조금 늦은 시간이다. 전화하기에는 늦은 시간이지만 술김에 용기를 내고 싶어진다.

수컷 특유의 지저분한 행동이다.

통화음 멀리서 다이얼이 칙칙하게 돌아가는 소리가 전달되어 온다.

침을 꿀꺽 삼켰다. 이제 뭐라고 말해야 하지?

거절하면 어쩌지? 기가 막히게도 별의 별 상상이 그 짧은 시간동안 회오리처럼 지나갈 따름이다.

그녀가 전화를 받았다.

"여보세요?"

"여보세요."

"누구시죠?"

"혹시 신미정씨 아닌가요?"

"맞는데요. 전화 거신 분은 누구신가요?"

"저, 기억날지 모르겠지만 그 때 가로수길에서 잠시 만났던 정현수라고 합니다."

"…정현수씨? 아! 그 때 AMC 오디션 날짜 착각했을 때 만났던 안경 쓰신 분?"

다행이었다. 안도의 한숨을 쓸어내린다.

한편으로는 이게 대체 뭐라고 이렇게까지 소극적으로 행동해야 하는 지 스스로를 질책한다.

상대가 생각 외로 친절한 반응을 드러내자 그는 이성적으로 행동하기 위해 노력했다.

"네, 맞습니다. 괜히 너무 늦은 시간에 전화를 걸어서 실례가 된 건 아닌지 모르겠네요."

"후후, 실례라는 건 아시나 보죠?"

"하하, 그런 뜻으로 말씀드린 건 아닌데…."

"됐어요. 그보다 제 연락처는 어떻게 아셨죠? 제 기억에 그 때 알려 준 적이 없는 것 같은데? 거참, 희한하네?"

"죄송합니다. 그게…."

"아, 그러고 보니 오디션 볼 때 전화번호와 주소 기입하라고 하던데 그 자료 몰래 본 거 아닌가요?"

"……."

1-2초간 정적이 흘렀다. 이성과의 첫 만남 후, 애프터 신청을 할 때 만약 남성에게 단답형으로만 대답을 한다면 그 여성은 남성에게 호기심을 못 느낀다는 연구가 있다.

이건 쉽게 말해 난 당신 따위 남자에게 흥미 없으니까 적당한 수준에서 꺼져주시기를 바랍니다와 같은 무언의 경고라 할 수 있다.

그런 의미에서 절반의 성공이라 할 수 있다.

현수는 정중한 목소리로 말을 이어갔다.

"죄송합니다. 정식으로 사과를 드리겠습니다. 사실 더

빨리 전화하고 싶었지만 혹시나 거절 당할까봐 참고 참다가 오늘 마침 술 마신 김에 연락한 것이니 오해 마세요."

"지금 어디인데요?"

"중국입니다. 출장 왔습니다."

"중국이요? 우와, 대단하신 분이네요. 외국 출장이라니. 다음엔 저도 좀 데려나가 줘요. 한국은 그렇잖아도 너무 답답하거든요."

"그러죠. 그보다 오디션 떨어진 거? 어떻게 괜찮습니까?"

"피잇! 나쁜 인간 같으니…! 내가 그 때 당신 사장님에게 부탁 좀 한다고 했잖아요? 그 때 오디션 지원자가 얼마나 많이 왔는지 당신도 봤어야 하는 건데. 인간들이 무슨 목욕탕도 아니고 바글바글 거렸다니까요. 진짜!"

"하하. 오디션은 실력으로 봐야지 아는 인맥으로 들어가면 나중에 더 힘들어져요."

그녀는 하이톤의 억양으로 반문했다.

"뭐 그건 그렇고. 참 그 쪽은 나이가 어떻게 되요?"

"73년생입니다."

"엥? 나보다 어리잖아?"

"그, 그렇죠."

"그럼? 아직 학생? 아니! 근데 어떻게 벌써 회사 직원이 된 거죠? 재주도 좋네? 단기 알바?"

"그건 나중에 말씀드리죠. 그보다 한국 가서 식사나 한 끼 하죠? 어때요?"

"그래요. 시간 되면 전화하세요."

"네. 그럼 들어가세요."

"그 쪽도 출장 잘 다녀오세요."

현수는 꽤 상기된 표정이었다.

그 때만큼은 냉철한 이미지의 정현수는 존재하지 않았다. 그는 이미 철부지 소년으로 변해 있었다.

비록 얼떨결에 자신의 가장 치부라 할 수 있는 나이를 꺼냈지만 아무래도 상관없다.

미정이 그의 연락처를 물어 보지 않은 것에 약하게 실망이 들긴 했으나 이 정도만 해도 예상외의 성과였다.

극도로 삭막해진 공허함이 고작 여자의 목소리 하나로 세상이 변모했다.

아직도 귓가에 그 목소리의 여운은 남아 있다. 화사하고, 부드럽고, 활기찬 음성이다.

처음으로 그녀의 세계와 연결이 가능한 접점을 만든 날이기도 하다. 이 얼마나 상쾌한 기분인가. 그 기분은 당장이라도 하늘을 날 것만 같은 짜릿한 기대감으로 승화되어 날개 짓을 하고 있다.

창밖을 지긋이 응시했다. 그 창 너머에는 어둠의 신이

귀를 쫑긋거리며 인기척을 감춘 채로 그저 지켜볼 따름이다.

"또 오셨네? 오늘은 관광은 좀 많이 하셨소?"

"날씨가 안 좋아서 오늘은 하루 종일 호텔방에서만 있었습니다."

"아이구. 저런! 쯧."

벌써 5일째였다. 그리고 정확히 8번째 방문이기도 했다. 최창섭은 이제 꽤 안면이 익은 젊은 한국 친구에게 스스럼없이 담배를 권하면서 이런 저런 이야기를 하면서 시간을 소일하는 중이다.

속으로는 그다지 솜씨가 없는 평양식 냉면과 속이 여물지 못한 만두를 맛있다면서 그 비싼 호텔 음식을 놔두고 여기만 찾는 이유에 까닭모를 의심도 생기기는 했으나 그것도 잠깐의 오해일 뿐이다.

"창섭씨? 오셔서 한잔 하세요."

"이거 이래도 되는지 모르겠네요."

"뭐 어때요."

"그럴까요?"

맥주 한 잔을 병에 가득 부으면서 현수는 손짓으로 최창섭에게 앉으라고 운을 뗐다.

"괜찮아요. 뭐 우리가 한 두 번 보는 사이입니까? 근데 창섭씨 요즘 가게 어때요? 괜찮나요?"

"뭐 그냥 그렇지. 그런데 왜요?"

"흠… 이걸 어떻게 설명을 드려야 오해가 없으시려나? 솔직히 말씀드리죠. 제가 중국에 온 이유는 어떤 정보를 바탕으로 투자를 하려고 왔습니다."

"투자?"

정현수는 젓가락으로 고기를 씹어 먹으면서 얼떨떨한 표정을 짓는다.

"네. 창섭씨가 상상하는 것 이상으로 큰 돈을 벌 수 있는 기회라 생각됩니다. 사실 연변 쪽에 중국 교포 분 중에 믿을만한 사람을 찾아 백방으로 헤매는 중이었습니다. 그런데 아직까지 마땅한 사람이 없었네요."

"아, 그래서 연변에 온 건가? 하긴 나도 교포지만 조선족 중에 사기 치는 놈들이 많아서 제대로 된 놈 찾기는 어려울거요."

"그래서 말인데 창섭씨도 이제는 큰 꿈을 가질 때가 되지 않았습니까?"

최창섭은 알아듣기 어렵다는 표정으로 반문했다.

"대체 무슨 뜻 구름 잡는 소리인지 원."

"좋습니다. 직설적으로 말씀드리죠. 지난 며칠 동안 창섭씨와 대화를 나눠 본 결과 창섭씨가 믿을만한 분이라고 결론을 내렸습니다. 그래서 괜찮다면 저희 회사와 파트너십 관계로 함께 일하면 어떨까요?"

"……."

"계약금으로 먼저 5만 위안을 드리겠습니다."

"5만 위안이라니? 자, 자네?"

최창섭은 갑자기 입을 다물지 못했다.

그도 그럴 것이 이 당시 중국 서민의 평균 월 수입이 2-3백 위안 하던 시절이었다. 5만 위안이면 10년을 모아야 가능한 거액이었으니 오죽 하겠는가?

젊은 친구가 비싼 호텔에 묵고 이 먼 외국까지 출장 올 정도면 재력이 어느 정도 있다는 것은 누구나 알 수 있었지만, 그래도 이 정도인 줄은 꿈에도 몰랐다.

현수는 부드럽게 고개를 끄덕였다.

"진심입니다. 중국에서 5만 위안은 큰돈인지 몰라도 한국 돈으로 계산하면 그다지 큰 돈은 아닙니다."

맞는 말이다. 당시 중국은 고정 환율제를 시행하고 있었는데 이 때 미국 달러당 환율이 1달러에 5.7456위안이었다. 허나 늘 후진국이 그렇듯 실제 암시장에서 거래되는 화폐의 비율은 1달러에 10위안이 평균 시세였다.

이 경우 5만 위안이면 미화로 5천 달러 정도인데 5천 달러는 현재 원화 환율인 786원으로 계산하면 4백 만원이 조금 안 되는 금액으로 환산된다.

물론 월급쟁이에게는 큰 돈이나 현수에게는 아니다.

최창섭은 손사래를 쳤다.

“하지만 내가 뭘 하는 게 있다고 이리 큰 돈을 받겠나? 이건 아닌 것 같네.”

“아닙니다. 그리고 이 정도 돈은 앞으로 아무 것도 아닐 겁니다. 이 돈의 몇 천배를 벌 절호의 기회가 올 수도 있습니다. 그만큼 벌게 되면 그 번 돈의 25%를 지급해드리겠습니다. 그 대신에 나중에 변호사 입회하에 공증 각서와 자서 하나만 써주시면 됩니다”

“허허. 자네가 하려는 일이 대체 뭔가?”

“명의 대여입니다. 물론 사업자 명의와 같은 위험성이 있는 게 아니라 위험성은 전혀 없는 주식 매입을 위해 본토 중국인의 신분이 필요합니다.

“…….”

“부탁드립니다.”

“거 참.”

최창섭은 대답할 수 없었다.

그도 돈에 대한 욕심이 없는 사람이 아니었다.

아니 어쩌면 그 어떤 이들보다 더 강한 욕구를 가졌는지도 모른다. 어린 시절 먹을 게 없어서 산에서 나무뿌리를 캐먹으며 눈물을 흘리던 때, 공산당 간부가 되기 위해 입당 원서를 제출했지만 한족이 아닌 소수 민족이라는 이유로 박해를 받았던 야멸찬 기억까지 한 편의 영화 필름처럼 빠르게 스쳐가는 중이다.

혹시 사기는 아닐까?

사기가 아니라면 이런 말도 안 되는 달콤한 제의가 있을 수 있을까? 허나 그것도 말이 안 되는 게 가진 것이라고는 몸뚱이밖에 없어서 늙은 어머니의 음식점에서 허드렛일이나 하는 자신이다.

한국에서 온 저 청년이 굳이 자신을 속일 이유는 없지 않을까?

지난 며칠 동안 저 친구의 행적을 살펴보았다. 특별히 악의나 혹은 그가 모르는 이상함은 전혀 없어 보였다. 두 눈을 마주친다. 눈은 마음의 영혼이라는 말이 있다.

깨끗했다. 어떤 거리낌이나 숨김이 전혀 없다.

그는 맥주를 아무 말 없이 들이키더니 끝내 입을 열었다.

"좋소. 당신이 하는 것이 뭔지 몰라도 서로에게 도움이 된다면 한번 해봅시다. 나, 최창섭이 최소한 무엇이 옳고 무엇이 그른지는 아는 놈이오. 단 하나!"

"말씀하세요. 궁금한 점 있으면 다 물어보세요. 이런 일은 하기 전에 애매한 점은 확실하게 짚고 넘어가는 게 서로에게 더 좋습니다."

"당신이 하려는 일이 어떤 것인지는 몰라도 범죄나 혹은 그에 준하는 범법행위는 못합니다."

"걱정 마세요. 전부 합법적인 일입니다. 그리고 당신과 저희 둘을 부자로 만들어 줄 수 있는 일이기도 하죠."

"알겠소. 나를 믿어 줘서 고맙소."

현수는 차분한 표정으로 고개를 끄덕였다.

그는 최창섭이라는 사람이 어떤 품성을 지닌 인물인지 너무나 잘 알고 있었다. 그런 탓에 그저 미소만 지을 뿐이다.

그보다는 정말로 그 종목이 수익률이 그렇게 높게 나오는지, 시기적으로 맞는 지, 개인 투자에 난관은 없는 지, 결정적으로 기본이라 할 수 있는 회사의 명칭이 아직 기억이 나지 않았다.

그저 지금으로서는 복잡한 미로 상자의 첫 번째 관문만 간신히 통과한 상태와 크게 다를 바 없으리라.

아직 갈 길은 험하고 멀었다. 돈이라는 것은 잡힐 듯 하면서도 여전히 아지랑이처럼 가물거리기만 할 뿐이다.

상하이 증권 거래소는 1989년 천안문 사건 이후, 개혁개방의 상징으로 1990년 11월 26일에 개설되고 12월 19일에 첫 개시를 선포한다.

그 후, 선전 증권 거래소가 생겼으며 1991년말 현재 상하이 증권 거래소에는 7개의 중국 국유 기업만 상장되어 거래가 이루어지고 있는 상황이었다.

아직까지는 개장한지 얼마 안 되고 거래 초기라서 중국

전체 GDP 의 0.13% 밖에 차지하지 않는 거래량을 보이고 있었지만, 훗날 상하이 시의 서기를 역임했던 국무원 부총리인 주룽지가 상하이 증권 거래소보다 선전 증권 거래소가 더 성공적이라고 칭찬을 하는 사건을 기점으로 급격하게 변하게 된다.

사회주의 국가에서 가장 영향력이 큰 부분은 아무래도 국가를 이끄는 지도자의 의중이라 할 수 있는 데, 이 보도로 말미암아 상하이 증권 거래소의 창시자였던 위문연 尉文渊 은 초기의 설립 목적인 주식 거래 매매보다 중국 정부의 국채 거래에 중점을 두었던 방식을 완벽하게 바꾸는 계기를 마련하게 된다.

그리고 전면적으로 시장의 금융 시스템을 손보면서 정부의 간섭을 일체 배제하고 자율화를 시킨다. 이것이 중국 최초의 주식 열기를 일으키는 데 결정적인 도화선 역할을 하였다 할 수 있다.

이때만 해도 지금의 중국처럼 당일 매매가의 상하한폭인 10% 라는 제한선이 없었다. 또한 통신 설비나 정보에 매우 취약하였기에 묻지마 매매가 성행할 수밖에 없는 구조적인 극심한 취약점을 드러냈다.

비록 중국이 덩치만 큰 낙후된 국가라 해도 인구나 국토, 군사력으로 미국, 유럽과 맞대결이 가능한 세계 최고 열강이다. 불과 7개의 상장 기업이라는 적은 공급량과 잠재적인 막대한 수요는 1년 사이에 수백 퍼센트는 가뿐하게 넘는 높은 주가 상승률을 기록하기에 충분한 원인으로 작용한다.

Part 5-3. 100,000%의 신화를 기록한 주식

Part 5-3. 100,000%의 신화를 기록한 주식

상하이의 겨울은 서울보다 따뜻한 편이었다.

과거 한국 임시 정부가 있었고, 1900년대 초 서구 열강의 침략을 받았던 상하이는 양쯔강 하구에서 해변가까지 유럽식 건축물이 쭉 늘어서 있는 거대한 도시였다.

예전에 칭다오에 거주할 때 여행 삼아 한번 온 적이 있었다. 그 때만 해도 고층 빌딩이 많았던 것으로 기억하는데 그 때의 상하이와 지금의 상하이는 천지개벽이 벌어진 것처럼 풍경이 달라 보였다. 훗날 상하이는 와이탄과 동방명주탑이 있는 부근을 중심으로 가히 상상을 초월하는 토지 가격을 형성하게 된다.

상하이는 중국 경제의 중심지로서 그만큼 상하이인들의

자부심은 대단해서 외지의 중국인들을 깔보며 해외에 나가서도 중국인이 아닌, 상하이 사람이라고 말할 정도로 프라이드가 높은 곳이다.

고풍스런 카페에서 정현수와 최창섭은 대화를 나누는 중이다.

현수의 손에는 창섭이 방금 상하이 증권 거래소에 가서 알아낸 현재 거래소에서 거래되는 주식의 명단이 쥐어져 있었다.

上海申华电工联合公司
上海飞乐股份有限公司
上海真空电子器件股份有限公司
浙江凤凰化工股份有限公司
上海飞乐音响股份有限公司
上海爱使电子设备股份有限公司
上海延中实业股份有限公司

언제 봐도 중국어는 어지럽고 촌스럽다. 영어처럼 세련된 맛이 느껴지지 않았다. 상장된 기업의 명단은 전기와 화공, 음향기기 등이다.

과거의 기억을 재차 떠올려 본다. 중국 역사상 가장 많이 상승했던 회사명이 기억이 안 났던 탓이다.

과연 진짜일까? 단지 한국인 앞이라고 술 좀 마시고 허풍을 친 것은 아닐까? 평소 조선족 특유의 열등감으로 포장하기를 좋아하던 얍삽한 외모를 자랑하던 그 놈의 얼굴을 떠올리자 돌연 회의감이 든 것이다.

언제 상승할 지 시기도 모른다. 그렇다고 회사 이름을 아는 것도 아니다. 아니, 좀 더 정확히는 기억이 잘 나지 않았다.

분명히 그 당시 그 놈이 말하기는 했는데 헷갈렸던 것이다.

단 하나 기억하는 단어는 'Shang' 이라는 중국어 병음이다. 일반적으로 중국어는 한국어와 달리 하나의 병음으로 수많은 한자와 연상이 가능하다.

보통 Shang 이라는 단어는 상해의 上이 가장 먼저 떠오르겠지만, 上海는 합성 명사다.

기억 속에 Shang이라는 단어는 첫머리가 아니라 중간에 나왔다. 그러면 상하이는 절대 아니라는 뜻이다.

그 후 남는 것은 상처의 伤과 상업의 商이 가장 많이 쓰인다 할 수 있다.

그런데 여기서 우리가 찾는 것은 회사의 명칭이다. 부정적인 단어인 伤보다는 상업의 商자가 맞을 확률이 압도적으로 높다.

재차 시선을 돌려서 현재 상하이 증권 거래소에 상장된 회사명을 확인해 본다.

일일이 손가락으로 체크한 결과 답은 '없다' 였다.

없다. 아니, 존재하지 않았다.

이 뜻은 결국 '아직 상장이 되지 않았다' 라는 문맥과 정확히 상통한다. 그리고 분명히 그 놈은 CCTV 다큐 어쩌고 인용을 하면서 상해에 위치한 기업이라고 했던 것으로 들었다.

- 누가 알았겠어? 첨단 기술 기업도 아니고 고작 상해의 관광지 위에 만들어 놓은 보석, 귀금속 등 수백개 중소 상인들이 투자해서 만든 회사가 저렇게 대박을 칠 줄을….

이제야 정확히 그 말이 기억난다.

그는 머리 속에 번개처럼 떠오른 과거의 묻어진 기억을 되살리며 즉시 앞에 있는 최창섭에게 말했다.

"상하이의 명승지에 자리를 잡고 있으면서 귀금속으로 유명한 곳이고, 중간에 'Shang' 이라는 단어가 들어가 있습니다. 이 정도 단서로 찾을 수 있을까요?"

"그게 확실한 겁니까?"

"글쎄 정확히는 모르겠어요. 음, 아마 거의 맞는 것 같네요. 아무튼 비용은 얼마가 들어도 상관없으니 찾아봐 주세요."

"저번에 받은 5만 위안으로도 충분합니다. 그래도 필요하면 따로 청구하죠. 상해가 아무리 넓다 해도 이 정도 단서라면 시간만 넉넉하다면 어쩌면 가능할지도 모르겠습니다."

"저는 한국에 급한 일이 있어서 오늘 귀국해야 하니 최창섭씨만 믿겠습니다. 그리고 찾게 되면 즉시 연락 주세요."

"네, 걱정 붙들어 매십쇼."

현수는 지갑에서 명함을 꺼내더니 회사 연락처 뒤에 혹시 몰라서 집의 전화번호까지 펜으로 적은 후에야 창섭에게 건네주었다.

그와 함께 엉덩이를 털고 일어나 작별 인사를 하고는 곧 한국으로 귀국했다. 중국에 출장 온지도 이미 열흘이 훌쩍 넘은 상태였기 때문이다. 이 쪽 일이 아무리 중요하다 해도 전화로만 업무를 지시하기에는 현재 진행하고 있는 비즈니스가 너무 많았다.

"본부장님!"

"귀청 떨어지겠습니다. 천천히 말씀하세요."

변 부장은 간만에 들뜬 얼굴로 사무실 문을 제치더니 속사포처럼 상황을 설명했다.

"하하, 죄송합니다. 글쎄! 놀라지 마십쇼. 이번에 찍은 슬램덩크 2번째 권의 독자 반응이 장난이 아닙니다."

"얼마나 나갔습니까?"

"이미 초판 5만부가 순식간에 동이 나고, 지금 전국 각지의 서점에서 주문이 쇄도하는 중입니다."

"그래요? 그거 좋은 소식이군요. 그럼 재고도 없겠네요?"

"네. 두 번째 판은 얼마를 찍을까요?"

"어디 보죠. 음… 1, 2권 합해서 각 2십 만부씩 총 4십만부를 찍으세요. 메뚜기도 한철이라고 최대한 빨리 내보내야 하니 인쇄소에 재촉 하시구요."

"알겠습니다."

"그런데 갑자기 반응이 폭발한 이유가 뭡니까?"

현수는 내심 궁금해졌다.

슬램덩크가 확실히 히트할 것은 알고 있었지만 얼마 전까지만 해도 잠잠하다가 갑자기 반응이 폭발할 줄은 예상을 못했던 탓이다.

이제 겨우 한 달이 조금 넘었다. 변 부장은 고개를 끄덕이며 또릿한 음성으로 반응했다.

"대충 알아보니… 일본의 국민 배우라는 와타나베 켄이 인지도가 높은 탑 프로에서 최근 슬램덩크라는 만화에 빠져 산다고 언급한 것이 도화선이라고 하더군요."

"와타나베 켄?"

"네. 그만큼 영향력이 굉장한 인물입니다. 집영사 담당자인 타쿠미씨 이야기로는 판매부수가 그 후로 갑자기 10

배 이상 폭증했다고 합니다. 그 영향으로 원래 일본 의 유행에 민감한 한국 독자층 사이에서 입소문이 퍼진데다 그림체도 멋지고, 스토리도 재밌어서 최근 학교에서 슬램덩크 열풍이랍니다."

"좋군요. 어쨌든 저번에 말했듯이 선금으로 현찰을 주지 않으면 만화책을 출고시키면 안 됩니다. 이 부분은 반드시 지켜주세요."

"하지만 이럴 경우 지금이야 괜찮다 해도 장기적으로 거래선과의 관계에서 나쁜 영향이 있지 않을까요?"

"괜찮습니다. 어차피 슬램덩크처럼 좋은 만화만 출간되면 그쪽에서도 감정이야 어떻든 저희와 거래를 안 할 수 없을 겁니다."

"네, 알겠습니다."

대체 뭘 믿고 저토록 자신만만해 하는지 몰라도 변창현은 이 회사의 오너가 아니다. 혹여나 의견이 다를 지라도 형식적으로라도 수긍하는 습관은 꼭 나쁘다고만 볼 수는 없을 것이다.

변창현이 약간 꿍한 상태로 본부장실을 나설 때 정현수는 간만에 기분 좋은 미소를 지었다.

그 동안 작곡료로만 버티던 회사의 수입을 드디어 슬램덩크가 터지면서 대체할 수 있게 된 점에 대한 흡족함이다. 현찰이 계좌로 빠르게 들어오자 그는 재빠르게 최 전무를 인터폰으로 호출했다.

"앉으세요."

"네."

"어떻게? 일본 출장은 잘 다녀오셨습니까?"

"산요 Sanyo쪽에서 요구조건이 생각보다 박한 것 같아서 아직 결정을 못한 상황입니다."

"그 쪽에서 대체 얼마를 부르던가요?"

"기본 100개 베이스로 LDP는 기계 하나당 95,350엔, LD는 14,550엔을 부르더군요."

현수는 테이블 위에 놓인 계산기를 두드리면서 환율을 확인했다.

"현재 백 엔당 578원 정도니… 흠, 원화로 환산하면 대충 6천 만원이 조금 넘나요?"

"아마 그럴 겁니다."

다소 비싼 느낌이다. 단순히 기계만 사는 데 저 정도면 그 외에 부대비용까지 계산하면 만만치 않아 보였다.

노래방 사업의 핵심은 Laser Disc Player에 있었다. 일명 가요 반주 시스템인 LDP는 아직 디지털 반주기가 제작되기 이전에 사용되던 기술이다.

LP판 크기의 레이저디스크에 영상과 음악을 압축해, 바늘 대신 레이저로 노래를 틀어 움직였다.

그 때문에 신곡이 나올 때마다 노래방 업주가 일일이 판을 갈아주는 번거로운 단점이 존재한다.

지난 번 최 전무에게 다마고치 건은 보류하는 대신에 LDP를 생산할 수 있는 일본의 전자 메이커와 협상을 벌이는 것을 최우선적으로 지시한 것으로 기억한다.

정확한 년도는 모르지만, 아마 1-2년 내로 전국에 노래 연습장이 우후죽순처럼 퍼지며 유행을 탈 것은 분명하다. 그야말로 절호의 기회다.

그러기에 이 호기를 놓칠 수 없어서 가격보다는 최대한 신속하게 비즈니스를 진행시키라고 한 것이다.

허나 그가 망설이는 이유는 LDP는 앞으로 2-3년 내에 디지털 노래 반주기가 등장하면서 완전히 망하게 된다는 점이다. 아직까지 LDP는 국내에서 생산할 수 있는 기업이 없었다.

물론 그 이면에는 기술적인 어려움보다는 해당 마켓이 열리지 않은 탓에 삼성, LG와 같은 메이저 기업이 흥미를 느끼지 못했던 것이다.

그는 최 전무가 샘플로 가져온 노래방용 LDP를 자세히 보면서 질문했다.

"노래방 기기를 생산하는 업체가 산요 말고는 없습니까?"

"…파나소닉도 있지만 그 쪽은 산요보다 더 비쌌습니다. 그 대신 국내에 이스 물산이라는 곳이 있습니다."

"이스 물산?"

"저도 한 다리 건너서 소개를 받은 곳인데 원래 일본 가라오케 전문 음향 장비를 수입하던 곳이었습니다. 그러다 이쪽에서 작년부터 컴퓨터 미디 음악 기기를 개발을 하였고 그를 바탕으로 얼마 전 노래방 기계로 개조도 가능하다고 언질을 받았습니다."

"미디 음악이요? 디지털 노래 반주기라는 뜻인가요?"

"저도 전문가가 아니라 잘은 모르지만, 그들 말로는 지금과 같은 LP판을 갈면서 노래를 선곡하는 원시적인 형태가 아니라 하더군요."

현수는 의아하다는 듯이 대꾸했다.

"그럼 뭐죠?"

"아예 오락실 게임기처럼 사각형 기계틀로 형틀을 떠서 손님이 노래 연주기에 5백 원짜리 동전을 넣으면 시간이 연장됨과 동시에 노래를 다시 부를 수 있는 획기적인 시스템이라 하더군요. 거기다 윗부분에는 비디오처럼 반주에 맞춰서 노래를 따라 부를 수 있는 영상이 흘러나오게 할 수도 있답니다."

"그 말? 사실입니까?"

"네. 단지 한국업체인데다 작은 기업이라 그 말을 전적으로 신뢰한다는 게 어려워서 아직까지 결정을 미루고 있던 중이었습니다."

"그런데 어째서 그들은 대기업에 납품을 안 하고 저희

같은 신생 업체와도 거래를 하겠다는 거죠?"

최 전무는 녹차를 마시면서 부연 설명을 했다.

"일단 이스물산쪽이 현금이 많이 부족한 모양입니다. 올해 초 삼성과 대우 등 국내 메이저 업체에 납품을 시도해봤으나, 시장이 성숙하지 않다고 전부 거절을 당한 문제도 있었나 봅니다."

"그 쪽 의견을 일단 들어보고 우리가 5년 동안 독점으로 납품을 받는 조건으로 협상을 해보시기 바랍니다."

"그게 가능할까요? 알다시피 거래처 한 곳에 묶이는 것을 달가워할 기업은 그 어디에도 없을 것 같은데…."

정현수 본부장은 모호한 빛으로 살짝 미소를 드러냈다.

"그들이 거부하지 못할 조건을 내밀면 됩니다."

"네? 그런 것이 있습니까?"

"예를 들어 5년 동안 일정 부분 매출을 100% 보장해준다든지, 혹은 5년 동안 디지털 노래 반주기를 3,000개로 잡고 그것을 60개월에 걸쳐서 매월 50개씩 우리가 구매를 해준다는 공증을 서는 조건이면 괜찮지 않을까요?"

"대단하십니다. 그 정도 조건이면 그 쪽도 거절하기 힘들 것 같네요. 하지만 그건 순조롭게 사업이 진행될 때 시나리오고, 만약 예상 외로 노래방 체인점 사업이 안 될 경우에는… 어찌하실려고?"

최 전무의 걱정은 일명 타당해 보였다. 부하 직원으로서 현수의 지금 이런 행동은 리스크 관리 측면에서 가히 최악이라고밖에 볼 수 없었기 때문이다.

허나 1990년대 초에 선풍적인 인기를 끌었던 노래 연습장은 나중에는 전국 어디를 가더라도 없는 곳이 없을 정도로 대 히트하게 된다.

그 때만 해도 저렴한 가격에 노래를 주구장창 부를 수 있었으니 타켓층도 실로 광범위하였고, 남녀노소를 불문하고 애호를 하는 장소로 탈바꿈한다.

24시간 편의점이 이 좁은 국토 면적을 가진 한국 땅 위에 여전히 수 만개가 성업 중이라 한다.

노래방은 이 정도까지는 안 된다 해도 적어도 5천 - 1만 개까지 생길 것은 뻔했다. 이 중 AMC의 노래방 사업팀이 비율적으로 10%의 가맹점만 모집한다 하여도 최소 5백에서 1천 군데라는 무지막지한 숫자가 가능하다.

노래 연습장 가게 하나에 보통 7-8세트 정도의 노래 반주 기기가 있으니 대충 합산하여도 오 육천 세트는 기본이다.

후발 주자의 카피를 막기 위해서 독점 납품을 받는 조건은 결코 현실성이 없는 이야기는 아니었다.

적게 잡아 3천 개 정도의 세트만 구매를 한다는 조건은 AMC의 입장에서 충분히 가능한 비즈니스 마인드라 아니

할 수 없다.

정현수는 부드럽게 미소를 지으며 고개를 젓는다.

"후후, 그럴 일은 없으니 우려하지 않으셔도 됩니다."

"괜찮을까요?"

"됐습니다. 그딴 쓸데없는 걱정은 하지 마시고 빨리 진행하세요. 아무리 못해도 이번 12월 안으로는 그 쪽과 독점으로 납품 공급 계약서를 받아 내야 합니다. 그 전에 실제 시제품 샘플 테스트하시는 것 잊지 마시고, 세트 하나당 디지털 노래 반주기기의 단가도 최대한 코스트를 낮춰 주세요."

최 전무가 약간 인상을 찡그리며 대답했다.

"노력해보겠습니다. 그 대신 저 혼자 하기는 이제 벅찹니다. 인원 충원 좀 부탁드립니다."

"그렇지 않아도 생각하고 있었습니다. 미스 문에게 말해서 구인 공고 내고, 노래방 사업팀으로 6명 정도 신입사원을 뽑으라고 하세요."

"네."

문득 혼돈이 생겼다. LDP가 아니라 디지털 노래 반주기기가 나오다니?

시간이 약간 뒤틀린 것일까? 머리가 지끈거린다.

아직까지 국내에 노래방은 가요 주점식을 다 합쳐도 몇십개 수준에 불과한 상황이다. 이 부분은 그에게 굉장히 유리한 기회였다. 경쟁자가 없는 무주공산의 시장이다.

이번 계약만 성사시키면 그가 돈 방석에 앉을 것은 거의 확실해 보였다.

이런 저런 고민 속에 현수는 사무실에서 무의식 중에 담배 불을 붙였다. 그리고 그런 장면을 그 누구도 지적하는 사람은 없었다.

환경에 의해 조금씩 바뀌어져가는 스스로의 이중적인 모습에 그저 추레한 머뭇거림만 존재할 뿐이다.

일주일이라는 시간은 빠르게 흘러갔다. 정현수와 최상철, 그리고 노래방 사업팀으로 새로 뽑은 신입과 함께 그들은 중구 황학동에 위치한 이스 물산을 찾고 있었다.

"황학동 12-1 번지 유운 빌딩이라는 데… 여기가 맞나요?"

"지도상으로는 여기인가 어딘가에 있을 텐데 이상하네요?"

"김 대리? 대체 어떻게 위치를 알아들은 겁니까?"

"저, 그, 그게."

"잠깐! 최 전무님? 이 쪽 아닌가?"

"그런 것 같군요. 김 대리! 왼쪽 저 쪽 골목으로 틀어서 들어가자고."

"죄, 죄송합니다. 차들이 많아서 먼저 차선부터 바꾸고

저 앞에서 돌리겠습니다."

현수의 질책과 최 전무의 못마땅함, 덕분에 김우식 대리는 운전을 하면서도 파리한 기색이 역력했다.

벌써 30분이 넘게 르망 자동차는 같은 곳을 뱅뱅 도는 중이다. 김 대리는 회사의 오너와 2인자를 모시고 온 첫 수행인데 이런 식으로 일을 망치게 되자 어느덧 얼굴에는 난처한 기색이 완연했다.

청계 8가에 이르자 최 전무가 커다란 지도를 살피면서 이리저리 코치를 해준다.

"그래. 천천히 가 봐."

"네."

"아니야. 여기서 오른쪽 이면도로로 빠져."

"여기요?"

"음. 어디 보자. 유운 빌딩이라. 유운 빌딩…."

"혹시 저기 저 건물 아닌가요?"

"그런 것 같은데요? 근데 너무 허름한데?"

이번엔 김 대리가 지나가는 행인을 피하더니 상사에게 점수를 따기 위해 낭랑한 목소리로 대답했다.

"맞는 것 같습니다."

"오케이! 차 세워."

유운 빌딩은 이면 도로에 진입하고도 10여분을 들어가야 하는 위치에 있었다. 아무리 사전에 자세하게 설명을 해줬다 해도 쉽게 찾기 어려워 보인다.

회귀 전이었다면 핸드폰으로 네비를 찍고, 그래도 길을 모르겠으면 실시간으로 물어 볼 수 있어서 절대 발생할 수 없는 일이기도 하다. 현수는 다소 실망한 기색으로 입을 뗐다.

"408 호라고 했나요?"

"그럴 겁니다."

"이런? …엘리베이터도 없군요."

"운동 삼아 걸어가도 되지 않겠습니까?"

"후후, 그러죠. 뭐, 나쁘지 않네요."

최 전무의 너털웃음에 정현수는 기가 막히다는 듯이 웃었다. 다른 사람이라면 화를 냈겠지만, 회귀 전 최 전무의 기억을 떠올리자 그마저도 부드럽게 얼음처럼 녹았던 것이다. 힘겹게 올라간 4층 복도의 끝을 가르치며 현수는 투박한 어조로 중얼거렸다.

"저 뒤쪽인가 보네요. 근데 전무님? 그 전에 만날 때 여기서 안 만났습니까?"

"두 번은 그들이 저희 사무실로 찾아 왔고, 다른 한번은 커피 전문점에서 만나서 설마 이렇게 낡은 줄은 저도 몰랐습니다."

"그런가요?"

"아! 여기군요."

이스 물산이라 적혀진 명패를 밀치고 들어서자 그 안에는 5-6명의 직원들이 그를 반겨 맞이해 주었다.

"반갑습니다. AMC 의 정현수라 합니다."

"이스 물산의 사장 박형태입니다. 보다시피 많이 누추합니다. 일단 앉으시죠."

"네, 그럼! 실례하겠습니다."

"커피? 아니면 녹차? 두 분? 어떤 게 좋겠습니까?"

"녹차로 하겠습니다."

"저는 커피하죠."

사무실은 상상 이상으로 낡았고 초라했다. 해방 전후로 지어진 건물이라 그런지 곳곳에 거미줄이 가득했는데 50여평의 공간에는 PCB 회로부터 각종 전자 부품, 그외에도 정체를 알 수 없는 각종 기계 부속들이 무질서하게 뒹굴고 있었다.

아마 이들이 협상 전까지 자신의 사무실을 오픈시키지 않았던 이유가 충분히 짐작이 되는 부분이다.

박형태는 서울대 전자공학과 출신으로 처음에는 일본에서 음향 장비 따위를 직수입한 후, 부분 개조를 통해서 한국에 유통하는 사업을 벌였다.

그러다 우연한 기회에 놀러간 가라오케 주점에서 LDP를 접하게 된다. 이 LDP 시스템이 LD를 기반으로 주인이 직접 판을 갈아줘야 하는 등 문제점이 많은 것을 발견한 후, 디지털 노래 반주 시스템 개발에 뛰어들게 된 것이다.

물론 말이 개발이지 실제로는 일본의 가라오케 시스템을 제작하는 중소 메이커 업체와 컨택하여 한국의 환경에 맞게 개조하는 작업이지만 아무튼 획기적인 기술임은 분명하다.

Part 5-4. 100,000%의 신화를 기록한 주식

Part 5-4. 100,000%의 신화를 기록한 주식

이미 계약 조건 및 구체적인 사항은 최 전무를 통해서 구두 합의가 끝난 상황이다. 그런 탓에 실질적인 오너인 정현수가 해야 할 일은 그저 밝은 미소로 서로의 신뢰를 더욱 돈독하게 하는 일만 남아 있었다

주차할 곳을 못 찾다가 뒤늦게 올라 온 김 대리는 서류 가방에서 미리 준비한 계약서 2부를 꺼내서 정본부장과 박 사장 앞에 올려놓는다.

"천천히 검토해 보시죠. 오늘 날짜를 기점으로 6개월 이후부터 총 5년간 귀사에서 제작한 디지털 노래방 기계 세트를 저희가 956,000원에 부가세 별도로 매월 최하 100개씩 매입하는 조건입니다. …허나 이 조건은 개런티 수량인 6천개 세트를 그 이전이라도 모두 매입하면 사라지는 조건임을 명심하기 바랍니다."

"……."

"이 956,000원의 기계 안에는 가정용 디지털 노래 반주기, 21인치 TV 브라운관, 스피커, 앰프, 마이크 2개, 대형 리모콘, 노래방용 책자 2권이 포함되어 있습니다. 박 사장님? 동의하십니까?"

"다 아는 내용이오. 그런데 부탁이 하나 있습니다."

"말씀해보세요."

"납품 조건 중 TV 화면 사이즈를 21인치가 아닌 19인치로 변경 해 주시고, 스피커 최대 출력은 300W가 아닌 240W로 하면 안 되겠습니까?"

"전혀 뜬금없는 소리군요. 왜 그러는 거죠?"

"원가 문제 때문입니다. 1-2년이 아니라 5년 계약이라 리스크가 크다 판단해서입니다."

"무슨 뜻입니까?"

"지금이야 노래방 기기에 들어가는 부품 원가대로 맞춰서 납품하면 이익이 남지만, 미래에 원자재 가격 상승과 같은 외부 여건의 변수 등으로 거래처에서 부품 단가를 올리면 대책이 없을 수 있습니다."

"음."

"그 대신 어떤 일이 있어도 안정적으로 수급을 맞춰드

리죠."

현수는 잠깐 고민하는가 싶더니 고개를 끄덕였다.

"뭐, 좋습니다. TV와 스피커 사양은 그 쪽이 맞춰줄 수 있는 스펙처럼 다운 그레이드하는 부분에 동의하겠습니다. 그 대신 우리도 조건이 있습니다. 만약 납기가 늦어지는 경우가 3회 이상 발생할 경우에 그에 대한 페널티 조항을 삽입하도록 하는 게 어떤가요?"

박 사장은 나지막하게 신음을 내뱉었다.

생각 외로 깐깐하다 생각한 것이다. 페널티 조항이 별 것 아닌 것 같지만 훗날 잘못하면 뒤통수를 맞을 수도 있는 민감한 조건이었다. 박 사장은 심사숙고를 할 수밖에 없었다.

"페널티 조항이라니요? 이거 너무 저희를 압박하시는 거 아닙니까?"

이에 현수는 다소 불만 가득한 모습으로 언성을 높였다.

"싫으시면 안 하시면 됩니다. 아주 간단한 논리죠."

최근 들어 습관적으로 보여주는 '갑질'에서 묘한 우월감에 휩싸여 있는 듯 했다.

박 사장은 심장이 콱 막히는 답답함을 느꼈다. 사실 티를 안내서 그렇지, 이스 물산의 자금 사정은 그야말로 최악의 상황이었기 때문이다.

국내 최초로 디지털 노래 반주기기를 개발하면 뭐하는가? 판로가 없는 데? 그 때문에 직원들의 월급 줄 돈조차 없어서 최근 막판에는 친지에게 사정하면서 자금을 구하기에 바쁜 형편이다.

그러다 AMC 최 전무가 노래방 체인점 사업을 할 예정이라는 이야기를 듣고는 얼마나 침을 튀겨가면서 설명을 했던가?

오죽하면 거지같은 사무실을 최 전무가 보고 혹시라도 선입견이 생길까봐 계약 당일 날에야 오픈을 했을까. 허나 AMC에서 내건 조건은 5년간 독점 납품 조건이었다. 사실 웬만한 기업이라면 이런 터무니없는 조건을 수용할 리가 없다.

그만큼 기업의 발전을 저해하고 까딱 잘못하면 AMC에게 코가 꿰여서 실속 없이 끌려가는 상황도 배제하지 못한다. 그러나 구슬이 서말이라도 꿰어야 보배라는 말처럼 당장 돈 백 만원이 없어서 발을 동동 구르는 이스 물산이다. 그들에게 AMC는 그야말로 하늘에서 내려온 황금 동아줄이었다.

비록 최종 결재권자가 생각 외로 젊어서 깜짝 놀라기는 했지만, 지금 그런 부분은 그다지 중요하지 않았다.

결국 한숨을 내쉰다.

"휴우, 이것도 서로 잘 먹고 잘 살려고 하는 짓인데 어쩌겠습니까? …모두 받아들이겠습니다."

"추가로 계약서의 아랫 부분을 읽어 보시면 알겠지만 '특약 사항 1' 에서 만약 저희 업체가 아닌 다른 업체와 거래를 하는 것이 발각 될 경우 그 때까지 그로 인해 피해를 입었던 모든 재산상의 손실에 대해서 3배로 보상을 한다는 조항도 숙지 부탁드립니다."

"그러죠."

"마지막으로 하나 더. 노래방 기기 조립 공장은 혹시 나중에 문제 생기고 뭐 그런 건 아니겠죠?"

노래방 기기는 이스 물산에서 주요 부품을 일본에서 구매 후, 포천에 있는 그들이 외주를 준 작은 공장에서 만든다. 외주 공장은 그렇게 케이스로 만들어 개조 및 조립 후 납품하는 과정을 거치게 되는 것이다.

정현수가 언급한 것은 너희 공장도 아닌 데 혹시 말썽을 안 부리겠느냐는 약간의 우려 섞인 질문이다.

박 사장은 즉시 손사래를 치면서 대답했다.

"걱정 안하셔도 됩니다. 어차피 그쪽은 조립만 하기 때문에 저희 직원이 돌아가면서 상주하고 관리 예정입니다."

"그러면 안심이군요."

"이제 도장만 찍으면 될까요?"

"그런 것 같네요. 협상하느라 서로 티격태격했지만 앞으로 한 배를 탄 몸인데 잘 해주세요."

서로 도장을 찍고 서명을 하는 사이에 현수는 지갑에서 빳빳한 수표 1장을 꺼내더니 박 사장에게 건네 주었다.

"약속대로 선수금 1억입니다. 돈 받았다는 영수증 하나만 끊어주시면 됩니다."

"하하, 태어나서 1억 짜리 수표는 처음 보는군요. 젊으신 분이 사업 수단이 대단하시네요."

"앞으로 잘 부탁드립니다."

"별 말씀을요. 저희가 잘 부탁드려야죠."

박 사장의 눈앞에 1억짜리 수표가 보였다.

이 돈이면 지금까지 지인들에게 못 갚았던 개인 사채와 기존 거래처에 깔린 외상 미수금도 갚을 수 있을 것이다. 2달 이상 밀린 어린 딸의 유치원비도 낼 것이다. 추운 겨울나절에 찾아온 아지랑이와 같은 따스한 희망이다.

이제부터는 본연의 업무인 연구 개발에 더 충실해질 수 있다는 의미로도 해석이 가능하다.

이 젊은 친구와 악수를 하는 박 사장의 거친 손에는 잔뜩 힘이 들어가 있었다. 겉으로는 자존심 때문에 표시는 안했으나, 이 은혜를 잊지 않겠다면서 무언의 시위를 하는 눈치였다.

"…찾았습니다."

저 멀리 국제전화로 들려오는 음성은 아직 통신 기술의

한계 때문인지 윙윙거리면서 매미처럼 중얼거렸다.

그럼에도 중국에 있는 최창섭의 음성에는 기쁨이 가득하다. 이것은 현수 역시 마찬가지라 할 수 있다.

그는 회의 도중에 걸려온 국제 전화 한 통에 전체 회의마저 직권으로 취소하더니 자신의 집무실로 들어가 문을 꽁꽁 걸어 잠근 채 통화에 열중했다.

"회사 명칭이 어떻게 됩니까?"

"중국 발음으로 YuYuan ShangCheng입니다."

"YuYuan ShangCheng이라고요?"

"네."

"어떤 한자를 쓰죠?"

중국어는 같은 병음(발음)이라도 수많은 한자가 존재했다. 이른바 표의문자의 절대적인 특징인데 이 때문에 단순히 병음만으로는 그 단어의 뜻이나 한자 자체를 인식한다는 것은 쉽지 않았다.

아무튼 그렇게 몇 번 설명을 듣고서야 현수는 회사의 명칭을 알게 되었다.

그는 메모지에 최창섭씨가 알려준대로 한자를 적고 있었다.

– 豫元商城 YuYuan ShangCheng.

한국어로 번역하면 '예원상성' 이라는 뜻이다. 최창섭은 계속 설명을 이어갔다.

"그 때 본부장님이 말한 대로 유명 관광지라는 점을 단서로 상하이 전체를 다 뒤졌습니다. 예원상성은 한마디로 보석, 귀금속, 잡화, 의약품, 건축자재, 무역, 레스토랑 등 수 백 군데 개인 투자자의 연합 회사라 할 수 있습니다."

"상업 백화점이란 뜻인가요?"

"뭐, 그런 의미와 비슷할 겁니다. 위치는 상해시 문창루 19호에 있으며 총 13만평의 대지 위에 명(明), 청(靑)시대의 古저택이 장관을 이룹니다. 매년 천 만명 이상의 관광객이 다녀가는 곳으로도 유명합니다."

"회사 소개는 그 정도면 되었고 그 쪽 회사 자본금이나 혹시 발행 주식수, 그런 자세한 정보는 알 수 없을까요?"

"글쎄요. 아직 그 부분까지는 잘 모르겠습니다. 단지 여기 가게 주인하고 몇 마디 나눠 봤는데… 1987년에 정식으로 주주 명부를 올린 중국 최초의 주식 회사라고 합니다."

정현수는 인상을 찡그리며 웃었다.

"아니 그게 뭐 대수라고?"

"아니죠. 여기는 사회주의 국가에요. 그 사람 말로는 민간 기업 중에는 자신들이 이런 식으로 하는 게 아마 최초라면서 내년에 정식으로 상해 증권 거래소 A주로 상장할 계획이랍니다."

"내년이라? 그거 확실합니까?"

"확실한 지는 모르겠네요. 그냥 루머가 그렇다고 하네요."

"혹시 회사의 전체 발행 주식수를 알 수 있을까요?"

"잠시만요. 제가 메모지에 적어 온 게 있는 데 크흠… 어디 보자. 여기 있네요. 그 노인네 말로는 예원상성의 총 주식 숫자는 5,850,000주라고 합니다. 그리고 발행 가격은 아직 미정이랍니다."

5백 만주라?

예상 외로 적었다. 발행 주식 수가 적다는 것은 그만큼 주식이 가치가 있다는 의미였다.

회귀 전 한국 증권 시장은 그야말로 개미들 등쳐먹기 좋은 시스템이었다. 코스닥에는 툭하면 액면분할로 발행 주식수를 1-2억주 이상 늘린 적자투성이의 잡주들이 흔했었다. 주식 숫자가 많으면 공급량이 늘어나서 그 가치가 폭락하기 마련이다.

그렇게 가격은 바닥을 치지만, 가끔은 초짜가 들어와 가격이 싸다는 이유만으로 매수해서 어리석게 독박을 쓰는 경우도 적지 않았다.

천천히 침을 삼켰다. 5,850,000주라는 숫자는 확실히 적었다. 충분히 베팅해 볼만한 주식이라는 뜻이다.

현수는 칭찬의 말을 건넸다.

"수고하셨어요."

"아닙니다."

"이번 일로 비용이 발생한 부분이 있으면 말씀하세요. 전액 처리해드리도록 하겠습니다."

"됐어요. 이 최창섭이 비록 어렵게 살았지만 어떤 것이 옳고 그른지 정도는 아는 놈이오. 그 때 5만 위안으로 충분합니다. 수고라고 할 것까지도 없고."

"여기 한국 일이 끝나는 대로 바로 중국으로 가겠습니다. 그 때까지 창섭씨는 예원상성의 지분을 매도할 의향이 있는 개인 지분 투자자들을 찾아 봐 주세요."

"가격은 얼마나 예상하는지요? 근데 너무 섣부른 거 아닙니까? 조금 더 지켜보고…."

"상식적으로 생각해봅시다."

"……."

"내년 상해 증권 거래소에 상장을 할 정도면 최근 몇 년간 이익이 나지 않았다면 불가능할 겁니다. 물론 아직 발행 가격도 모르고 예원상성에 대한 자산 가치 등 정보가 부족한 게 많지만, 접촉이 먼저입니다. 그러면 1주당 그들이 원하는 가격이 얼마인 지 대충 나올 것 아닙니까? 그 후에 제가 중국 들어가서 대화를 진전시키면 되지 않을까요?"

최창섭은 묵묵히 지시를 듣고는 끄덕였다.

"알겠습니다. 그럼 지금부터 움직이도록 하죠."

"그 쪽에 지분을 가진 사람의 숫자가 많다는 점은 우리에게 유리합니다. 협상시 끌려 다니지 않아도 될 수 있으니까요."

"그러죠. 아무튼 빨리 건너 와서 치파오 입은 상하이 아가씨와 러브 샷 한 잔 하셔야죠?"

"후후, 알겠습니다. 상하이 여자는 뭐가 특별난가요? 벗겨 보면 다 똑같지 않나요? 국제전화비 많이 나올지 모르니 먼저 들어가세요."

"네."

확실히 현지인은 달랐다. 만약 최창섭이 없었다면 어찌 저 넓은 상해에서 고작 귀금속과 관광지, 그리고 중간에 商 Shang이라는 단어만으로 이토록 빨리 원하는 것을 찾아 낼 수 있을까? 비록 애매모호한 단서였지만 그게 3개나 모이자 그 교집합의 범위는 급격하게 줄어들 수밖에 없었을 것이다.

이런 3가지 조건을 동시 충족시키는 것은 그 말대로 상하이에서 국한해서 보면 예원상성 말고는 없다고 보는 게 옳을지 모른다.

솔직히 처음에는 막막했었다.

한국 땅도 아닌 중국 땅에서 말처럼 쉬운 일은 아니었다. 거의 맨땅에 헤딩하는 식으로 접근하느라 머리가 지끈거렸지만 이제는 모호한 안개가 어느 정도 걷힌 느낌이다.

만년필을 든 손은 수북하게 쌓인 결재 서류를 훑어보면서 싸인을 하는 중이다.

흘림체로 쓰여진 한문 싸인도 이제는 꽤 익숙해졌는지 제법 멋드러진 모양새를 연출하고 있다.

경리 팀 문하경 대리는 인내심을 가지고 우두커니 두 손을 모은 채로 시립해 있었다. 정현수 본부장은 미결된 서류 더미에 서명하고는 건네주면서 말했다.

"강상무가 올린 방송국 관계자와 만나서 쓴 접대비 액수가 너무 많네요. 아직 정식으로 우리 애들이 데뷔한 것도 아닌 데 룸싸롱에서 굳이 접대를 할 필요가 있는 지 모르겠군요. 이 접대비는 강상무가 직접 나에게 와서 해명 후 받아가라고 전하세요."

"네. 알겠습니다."

"그리고 지금 우리 회사에 현금이 얼마나 있죠?"

"슬램덩크 1권, 2권 때문인지 현금이 많이 늘어났습니다. 오늘 기준으로 잔고는 13억 2천만원 정도 있습니다."

"음, 13억 2천만원이라?"

"대충 그렇습니다."

"그 돈이 슬램덩크 4십 만부에 대한 인쇄 비용 60%를 선금 지불하고 남은 금액 맞습니까?"

"네. 본부장님 지시대로 저번에 지불하고 내년 1월 말에 40% 비용에 대해 지급할 미수금은 남아 있습니다."

"그렇군요."

"…저기?"

"말씀하세요."

"직원이 최근 들어 계속 늘어나다 보니 다시 컴퓨터 4대와 프린터 1대, 탕비실 쪽에 작은 냉장고 하나를 더 사야 할 것 같은데 어떻게 할까요?"

"문하경씨도 참? 돈도 많은 데 사면되지 뭘 걱정입니까?"

"그래도?"

"앞으로 이렇게 하도록 하죠. 매입처 쪽에 5백 만원 이상이 아닌 그 이하의 돈은 문 대리의 재량 하에 처리하세요. 문 대리가 타당하다고 판단하면 돈은 먼저 그 쪽에 지불하고 나중에 결재를 올리면 됩니다. 특별한 문제가 없으면 추궁을 하지 않겠습니다. …그래야 매입처에서도 우리 회사를 믿을 테고 나 역시 이런 작은 일에 신경 쓸 필요 없고 어때요? 괜찮나요?"

"고맙습니다. 본부장님. 앞으로 더 잘할게요."

문하경 대리의 얼굴이 활짝 펴진 것은 그 시점인 듯이었다. 그 뽀얀 얼굴에는 화사한 백합 같은 부드러운 기색이 나타났다.

이직 전의 회사와 선명하게 비교가 되었던 탓이다. 예전의 회사는 규모만 컸을 뿐, 만성적으로 자금난에 시달렸었다.

그 때문에 경리직이던 그녀는 스트레스가 상당했었다. 각종 매입처에 줘야 할 작은 금액조차도 네 다섯달 이상 지연시키는 관계로 빚쟁이처럼 찾아와 독촉하는 이들이 적지 않았던 탓이다.

AMC는 비록 신생 회사라 해도 예전 회사와 확실히 차이가 있었다. 고졸인 그녀에게 창립 멤버라고 벌써부터 대리로 승진시켜 주었고, 봉급도 월등히 높았다.

회사는 날이 갈수록 번창하는 중이다.

밑으로 새로운 부하 직원도 생긴데다 자금 문제가 없어서 오히려 매입처 앞에서 어깨를 으쓱할 수도 있었다.

이런 잡다한 생각을 정현수 본부장이 깼다.

"그 외에 이번 달에 크게 빠져나갈 비용이 또 있습니까?"

"아직은 없습니다."

"알았어요. 그럼 가서 일 보세요."

"네."

현수는 뿌듯했다. 10억이 넘는 돈이다. 그것도 모두 현찰이다. 과거로 돌아온 지 이제 겨우 1년이 조금 넘었을 뿐이다. 아직 고등학교도 졸업하지 않았음에도 이 정도 돈을 벌다니! 이 상쾌한 느낌은 말로서 형언하기 어려울 정도다.

모두 슬램덩크 때문이다. 현재 한국은 때 아닌 슬램덩크 열풍으로 전국 각지의 서점에서 책을 보내달라고 아우성이었다.

덕분에 출판 사업팀은 모처럼만에 희희낙락거리면서 한껏 목소리가 커져 있었다. 그 때문일까? 엔터 사업팀은 내년 상반기에 맞춰진 아이돌 그룹 데뷔 일정을 더 앞당기겠다면서 야근까지 마다하면서 준비에 한창이다.

1권에 2십만부씩 2권까지 합해서 4십만부를 더 찍었음에도 창고에 입고되자마자 전국 각지로 거의 다 나간 상태다.

어제 뉴스에서 일본 만화 열풍을 보도하면서 최근 중고등학교에서 슬램덩크라는 만화 때문에 농구 열풍이 불기 시작했다는 뉴스의 멘트가 기억났다. 그렇게 장황하게 문제점을 설명하면서 마지막에는 다소 우려 섞인 시선으로 비판을 하고 끝을 맺는다. 그 당시 학생들이 만화책을 보며 낄낄대는 장면과 아나운서의 근엄한 와이셔츠가 스쳐 지나간다.

왜일까. 의외로 잘 어울렸다. 이중적인 한국 사회의 적나라한 현실처럼.

❋

왕매화(王梅花) 노파의 얼굴에는 굴곡진 주름살이 가득하다. 그 주름은 짧지 않은 그녀의 인생 역정을 함축시켜놓은 듯 예사롭지 않아 보였다.

전통 중국 청나라 시대의 복장을 곱게 다려 입은 작은 노파는 여전히 만두피를 정갈하게 다듬고 있었다.

반죽하고, 펴고, 누르고, 찧고, 문대고, 치댄다.

이 지루하기 짝이 없는 작업을 그녀는 무려 50년을 넘게 해왔다. 그럼에도 노파의 늙은 손은 정성이 듬뿍 담겨있었다. 그녀가 만든 이 만두는 여기 상해의 옛 거리를 그대로 재현한 예원상성(豫元商城)에서도 가장 인기가 있는 명소로 탈바꿈 시켰다.

손님은 여전히 끊임없이 미어터졌음에도 종업원들은 왕매화의 교육 때문인지 더할 나위 없이 친절하고 예의가 바르고 깨끗했다.

그녀에게 만두는 하나의 예술 작품이다. 특히나 小?包라는 달콤한 육즙과 매콤한 야채를 섞은 이 만두는 명나라 황제인 만력제가 즐겨 먹었던 음식이다.

어느덧 오후 5시가 지나자 손님은 썰물처럼 다 빠져 나갔고, 종업원은 마지막 뒷정리에 정신이 없다.

노파는 만두 반죽이 덕지덕지 묻은 거친 손을 물로 씻어

내고 있었다. 그러던 그 때 누군가 그녀를 찾는 사람이 있다.

"안녕하세요?"

왕매화 노파는 고개를 돌리더니 말했다.

"아, 저번에 그 사람들이구먼."

"아니? 힘들지도 않으세요? 이제는 연세도 있으신데 언제까지 이 일을 하실겁니까?"

"그래도 내 천직이 이건데 어찌 할까. 쯧."

"좀 앉겠습니다."

"그러쇼."

최창섭은 말끔하게 차려 입은 양복 차림으로 나타나 가게의 한 귀퉁이에 앉아서 대화를 이어갔다.

이번이 벌써 3번째 방문이다. 왕매화는 광동 사람이라 자기는 표준어로 말한다 해도 듣기에 억양이 심한 편이었다.

그런 탓에 노파의 말은 창섭이 귀를 쫑긋거리고 정신을 집중하고 경청해야 했지만, 어찌 이 정도 노력이 대수라 할 수 있을까?

"어떻게? 생각해 보셨어요?"

"솔직히 모르겠어. 총각한테도 미안하고… 그렇다고 여기를 떠나자니 막상 아들이 있는 대련에 가면 할 일도 없을 것 같고."

"그래도 힘든 만두 가게보다는 이젠 손자 재롱도 보시고 쉬시는 게 더 낫지 않을까요?"

"글쎄… ."

왕매화 노파는 잠시 머뭇거렸다.

대련시에 있는 늙은 외동 아들을 떠올리자 가슴 한 구석 묻어 두었던 무언가 시큼한 덩어리가 느껴졌기 때문이다. 아들은 오래 전 그녀의 곁을 떠났었다.

그 때만 해도 아들에 대한 원망은 뭉쳐진 실뭉치처럼 쉽게 풀리지 않았었다.

먹고 살기 위해 거리에서 만두를 빚어 팔던 노파, 그리고 그 노파의 아들이라는 굴레는 겪어 보지 않은 사람은 모른다.

그러던 아들이 25년이 지나서야 왕매화 노파를 찾아왔다. 피는 물보다 확실히 진한가 보다.

아들을 만난 후 그녀는 처음에는 원망을, 그 후에는 분노를, 마지막에는 아들의 거친 손을 부여잡고 펑펑 울고, 또 울었다.

다시 최창섭이 그런 그녀의 상념을 깨트리며 말한다.

"1주당 27위안에 계산해드리겠습니다. 이 정도면 지분투자로 넣으셨던 주당 10위안의 270%입니다. 할머님이 결정만 하시면 바로 현금으로 드리죠. 어떻습니까?"

"여기 사장들이 그러는 데 조금만 더 기다리면 내년에

어쩌면 더 오를지도 모른다고 하네. 잘은 몰라도 무슨 주식을 거래소에 상장시킨다고 하던가? 뭐 그러던데?"

"할머니? 그건 그 사람들이 괜히 그러는 거구요. 그러다 만약 주식이 상장이 안 되면 지금 쥐고 계시는 그 투자 지분은 잘못하면 평생 동안 골탕만 먹을 수 있어요. 제아무리 장부상의 가치가 얼마라고 해도 현금으로 환급이 안 되는 재산은 재산이 아니란 말 모르세요?"

"그래도 27위안은 좀 그런데…?"

Part 5-5. 100,000%의 신화를 기록한 주식

Part 5-5. 100,000%의 신화를 기록한 주식

최창섭은 겉모습과 달리 챙길 것은 다 챙기는 노파의 행태에 순간 기막힌 표정을 드러냈다.

예원상성의 집행부에서 예원상성의 구성원 수백 명에게 주식회사 형태로 주식 발기인을 모집한다고 공고를 붙였던 날이 벌써 4년 전의 일이다.

그 중 자금 여력이나 상황에 따라 적게는 100주부터 많게는 수십 만주까지 개인 주주는 각양각색이었다.

거래소에 주식을 상장할지 모른다는 미확인 정보는 애로사항을 만들었다. 예상과 달리 예원상성의 지분을 넘기겠다는 매도자가 없었던 탓이다.

설령 주식을 팔 의사가 있다 해도 지금 눈앞의 노파처럼 비싼 가격을 원했다.

최창섭은 어두운 표정으로 반문했다.

" …할머니?"

"자네 같은 사람이 직접 찾아와 주식 팔라고 말할 정도면 그만큼 가치가 있다는 거 아닌가?"

"좋습니다. 그럼 주당 30위안 어떻습니까?

"30위안이라? …에고, 만두나 파는 노인네한테 진짜 왜 이렇게 사람 힘들게 하는지 원."

"정말로 주식 상장이 된다 해도 만약 가격이 떨어지면 어떻게 할 겁니까?"

"……."

"거기다 내년에 주식 발행 가격이 할머니가 매입했던 주당 10위안 보다 낮으면 또 어떻게 하실 겁니까?"

노파는 다소 불안한 눈초리로 입을 열었다.

"진짜? 주식이 떨어지는 경우도 있어?"

최창섭은 괜히 아무 것도 모르는 노인네를 속이는 것 같아 마음이 씁쓸했지만 어차피 미래의 일이란 아무도 모르는 법이다. 서로 입장이 다른 것뿐이라며 합리화를 시키면서 부연 설명을 했다.

"그럼요. 하지만 지금 30위안 주면 바로 할머님은 앉은 자리에서 3배를 버는 겁니다. 그리고 그 자리에서 확정이죠."

"……"

"크흠, 좋습니다. 마지막 딜입니다. 이것도 거절하시면 다시는 안 오겠습니다. 1주당 32위안, 65,000주 전량 넘기는 조건입니다."

"잠시만! 생각 좀 해보고."

"천천히 생각하세요."

1주에 32위안이면 그녀가 보유한 주식 숫자가 6만 5천 주였으니 인민폐로 환산하면 2,080,000위안이라는 엄청난 금액이 된다. 이 정도면 상하이 와이탄 해변가에 있는 널찍한 호화 별장도 살 수 있었다.

아들이 그토록 원하는 사업가의 꿈을 뒷받침 하는 데 문제도 없다.

문득 늙은 아들의 초라한 행색이 떠오른다.

노점에서 만두 좌판을 하는 엄마가 싫어서 가출한 아들이다. 훗날 부모에게 효도하겠노라고 큰 소리 떵떵 치던 착하디 착한 놈이다.

그러나 정작 그 애증의 만두 가게가 나중에는 떼돈을 벌게 해주었으니 정말이지 희극 같은 사건이 아닐 수 없다. 노파는 중얼거렸다.

그래. 이제 정리하자. 그녀의 나이 벌써 72세.

예원상성의 지분 외에도 이곳에서 만두 가게를 열어서 그녀는 떼돈을 벌었다.

흔히들 만두 따위가 뭐냐고 비웃고는 하지만 그런 그녀의 숭고한 땀은 결코 값어치가 없지 않음을 증명했으니 그것으로 된 것이다.

이제 그녀에게는 아들과 며느리, 손자, 손녀가 노파와 영원히 더불어 살 것이다.

풍족한 돈이 있는 한, 노파는 더 이상 그들에게 배신을 당하지 않으리라. 비록 그녀가 곱게 빚은 만두를 맛깔나게 먹어 주는 손님은 더 이상 없을 지라도….

왕매화 노파는 공허한 빛으로 동의를 했다.

"그래. 이제 살면 얼마나 살겠다고. 저승에 돈 가지고 가는 것도 아니고. 그렇게 하세."

나혜수는 화장실에서 담배를 한 대 태운 뒤, 꽁초를 잘 껐는지 확인하며 변기 물을 내렸다.

그녀는 재차 거울에 비춰진 자신의 모습을 이리저리 둘러본다.

그래. 이게 최선이야. 흔들리는 판단을 부여잡고는 모질게 마음먹었다. 여자의 화장은 가면이라고 한다. 평소에는 하지 못할 행동도 두꺼운 화장품이 피부에 덧칠되면 철저한 가면의 탈을 쓰게 된다.

그렇게 치장을 끝낸 나혜수는 본부장실을 노크하더니 성큼 들어서고 있었다.

"아? 나혜수씨?"

"저, 본부장님과 만나서 따로 할 말이 있습니다. 시간 좀 내주시죠?"

정현수는 모호한 눈빛으로 냉랭하게 말했다.

"음? 중요한 일인가?"

"그, 그게."

"잘은 몰라도 이런 식의 무례한 행동은 아닌 것 같네요."

"…하지만?"

"나혜수씨? 회사에는 엄연히 보고 체계가 있습니다. 할 말이 있으면 연습생 담당인 이미나 대리에게 보고 후에 정식 체계를 통해서 전달해 주세요."

"……."

나혜수는 다소 어이없다는 듯 입술을 꽉 깨물었다. 설마 상대가 이렇게까지 냉정한 반응을 보일 줄은 몰랐던 탓이다. 허나 그녀는 자신이 하고 싶은 말을 기어코 해야 했다.

"…예전에 본부장님이 고등학교 교복을 입고 가는 모습을 봤어요."

현수는 이 느닷없는 말에 두 눈을 찡그렸다. 전혀 대비하고 있지 않다가 적의 화살에 한 대 맞은 그런 불쾌한 기분이라 할 수 있다.

"내 참!"

"다른 사람에게 절대 말하지 않겠습니다. 그러니…."

"그러니라니? 지금 그 말 무슨 뜻이죠? 나혜수씨? 설마 지금 나한테 협박하는 겁니까?"

"제가 어찌 감히… 그런 뜻은 아닙니다."

"쯧, 유치하군. 나혜수?"

"네?"

그 순간 정현수는 어이없다는 듯이 피식 웃더니 존댓말이 아닌 반말로 대답했다.

"너? 진짜 이 딴 것으로 협박이 가능할 거라고 생각한 거야? 이거 참! 애들 장난도 아니고… 내가 고 3이라는 사실은 너 말고 미스 문도 알고 있어. 그리고 모르긴 몰라도 이 작은 회사에서 아는 사람이 더 있을 지도 모르지."

"본부장님? 저는 그런 뜻이 아니라 단지…."

"우습군. 말해. 말해도 괜찮아. 전 직원에게 퍼트려도 돼. 단지 밝히지 않았던 이유는 한국 사회 특유의 유교적 통념 때문에 그 사람들을 존중하고 싶어서 그런 것이지 다른 의도는 없었으니까."

"……."

"너… 그런데 혹시? 이러는 이유가 12월 최종 월말 평가 때문에 그러는 거야?"

나혜수는 결국 참다못해 울음을 터트려야 했다.

처음 세웠던 자신만만한 시나리오는 이미 본부장의 거

칠 것 없는 태도로 인해 박살난 상황이었다.

그녀는 고개를 푹 숙였다. 그리고는 두 손을 앞으로 가지런히 모은 채 연신 떨어댔다.

"네… 흑흑. 죄, 죄송해요. 본부장님. 이번 월말 평가를 끝으로 지금까지 성적을 계산해서 저희 6명 중에 2명을 퇴출시킨다고 이미나 팀장님이 무섭게 엄포를 놓아서 그만…."

"뭐? 고작 그것 때문에 그런 거야?"

현수는 어이없는 표정으로 한숨을 토했다. 그와 동시에 얼마 전에 올라 온 연습생 최종 평가 보고서를 꺼내며 천천히 읽기 시작했다.

"어디 봅시다. 보컬 능력 +A, 댄스 능력 −B, 성격 및 품성 +C, 학습 태도 −D… 전체 평가를 보면 뛰어난 가창력과 유연한 몸매로 실력은 최상위급이나 동료와 관계시 다소 이해타산적인 면이 있는 편이다. 또한 학습 태도가 산만해서 집중하기 어려운 타입이기도…."

"죄송합니다."

"더 들어! …아무튼 이런 몇 가지 단점에도 불구하고 연습생 나혜수는 좀 더 체계적으로 교육을 시키면 뛰어난 재능을 바탕으로 걸 그룹의 일원으로서 더 밝게 빛날 보석이라 판단한다."

나혜수는 이해하기 어렵다는 듯 갸우뚱거렸다.

평소에 마녀 할멈보다 더 무섭게 잔소리를 하고, 툭하면 머리를 쥐어박고 인격 모독을 하던 그 여자가 이런 평가를 내렸다는 자체가 이해가 안 갔던 것이다.

그래서 오죽하면 죽기 살기로 자살 폭탄을 짊어진 여전사처럼 본부장실로 찾아와서 협박까지 했을까?

"본부장님? 이거 혹시? 이미나 팀장이 쓰신 건가요?"

"맞아."

"설마? 그렇게 저를 미워하더니… ."

"그리고 결론은 합격이라고 써 있군."

"네? 저? 합격이라고요?"

"아직 결정된 건 아니야. 최종 결정권은 이미나 대리가 아니라 나에게 있지. 그리고 넌 나에게 협박을 했지."

"죽, 죽을 죄를 졌습니다."

"크흠."

"제발… 한번만 봐주면 안 될까요? 충성할게요. 네?"

"미치겠군."

여자의 변신은 무죄라고 누가 말했던가? 서로 이성지간이 아닌 비즈니스적인 대면이라 할지라도 암코양이처럼 순간적으로 돌변하여 복종하는 모습은 귀엽기 그지없었다.

나혜수는 정치적이었다.

또한 다소 이기적인 면이 도드라져 보인다. 하지만 냉정하게 관찰하면 요즘 그 나이 또래 아이들에게 흔히 나타날 수 있는 딱 그 정도였지, 그 이상은 아닌 스타일 같았다.

최종 평가 보고서는 객관성이라는 명제에 걸맞게 자세하게 적혀져 있었다. 실제로 이미나 팀장이 – 그의 입장에서는 이미나 대리가 맞겠지만, 나혜수가 정말로 마음에 안 들었다면 몇 가지 형식적인 핑계를 댄 후, 그냥 퇴출시키는 게 가장 빨랐을 것이다.

하지만 의외로 나혜수는 합격을 했다.

이 뜻은 이미나가 공평무사하게 일처리를 잘했다는 것으로도 해석이 가능하다. 나중에 따로 불러서 보너스라도 두둑히 줘야 할 듯 하다.

아까도 말했듯이 6명 중 가장 뛰어난 가창력 때문에라도 나혜수는 품고 가야 했다.

"그러죠. 이번 한번은 봐주죠."

"그 뜻은?"

"아직 발표 날은 아니지만 오늘처럼 사적인 감정 때문에 퇴출시키는 일은 없을 테니 그리 아세요."

"본부장님. 흑흑. 정, 정말 감사합니다."

"그 대신 만약 데뷔 후라도 나혜수씨 때문에 그룹에 물의가 발생한다면 어떤 일이 있어도 가만 안 둘 테니 앞으로 열심히 더 노력하셔야 합니다. 알겠나요?"

"네! 충성!"

눈물이 흘러 마스카라가 번진 상태에서도 생존을 위해서 씩씩하게 대답하는 어린 여자 아이의 태도에서 문득 묘한 느낌이 든다.

그리고 장난 식으로 울면서 경례를 하는 귀여움과 치마를 입은 여체의 우아한 곡선이 시각적으로 자극해온다.

세상이란 참…. 여자란 진짜. 그렇게 그저 그는 뜻 모를 미약한 미소만 드러낼 뿐이다.

주위에서 한 두 번쯤은 봤음직한 푸근하고 인자한 인상을 가진 여의사는 챠트에 무언가를 적고 있었다.

그러면서도 그녀의 귀는 환자의 이야기에 쫑긋거리면서 조심스럽게 경청하는 중이다.

환자가 살아 온 인생, 과거 불우했던 환경, 심적으로 괴로운 부분들까지 모두.

탤런트 빰칠 정도로 아름다운 젊은 여성은 벌써 30분이 지났음에도 마치 자신만의 세계에 빠진 듯이 나지막한 어조로 자신의 상황을 설명했다.

"…가끔씩 세상에 저 혼자만 남겨져 있는 기분일 때가 있어요. 마치 갓난아이가 알에서 깨어나 움츠려 있는 그런 아찔한 기분이에요."

"외로움인가요?"

"아마도. 아니, 솔직히 모르겠어요. 감정 조절이 안 될 때가 꽤 있거든요. 때로는 아무 것도 아닌 데 웃고 깔깔대다가 다시 급격하게 다운이 돼서 이유 없이 눈물을 흘리고 그러네요. 지난 며칠간 잠을 못 잤어요."

"왜죠?"

그녀는 멍한 눈으로 눈물을 보이고 있었다.

"모르겠어요. 왜 그런지 정말 모르겠어요. 흑흑."

"울지 마세요. 남들은 부러워할 그런 이쁜 외모로 울면 되겠어요?"

"선생님? 제 얼굴이 이쁘나요."

"그럼요."

"후후, 저는 제 얼굴이 싫은 데?"

"왜 싫죠?"

"그들이 귀찮게 굴거든요."

"그들이 누구죠?"

"짐승들, 부자들, 권력자들… 그들만 생각하면 온 몸에 닭살이 돋고 소름이 끼치는 느낌이에요. 정말 끔찍한 기분이죠."

"좋아요. 그럼 바깥에서 생활은 어떤가요? 문제없나요?"

"가면을 쓰니까요. 제가 아닌 다른 자아가 나서서 대화를 하죠. 그 자아가 내가 아니라는 것을 아는 사람은 아직까지 없었어요."

의사의 눈빛이 미미하게 떨린 것은 그 시점이었다.

"푹 쉬세요. 늘 긍정적으로 생각하시고 우울증은 감기와 같은 거랍니다. 세상에 감기 안 걸리는 사람 없죠? 그거랑 똑같아요. 약 처방해 드릴 테니 꾸준히 드세요."

"고마워요."

"……."

"선생님하고 대화를 하니 그동안 헝클어졌던 머리속이 정리 되는 느낌이에요. 그럼."

여자가 나간 후, 정신과 여의사는 더러워진 안경을 살짝 닦으며 가볍게 한숨을 내쉬었다. 그리고는 영문으로 된 챠트 위에 이렇게 적는다.

'우울 장애 및 후천적 양극성 장애 전조 증상 의심 suspect depressive disorder / bipolar disorder'

국제 전화로 들려오는 음성은 가래 탓인지 다소 탁하게 들렸다. 그럼에도 최창섭은 열정적으로 입에 침을 튀겨가며 설명하는 중이다.

"…지시대로 엊그제 예원상성의 지분을 보유한 사람으로부터 구두 약속을 받았습니다. 조만간에 이쪽 변호사를 통해서 정식으로 지분 매매 계약서를 작성할 예정입니다."

"꼬장꼬장하다고 했던 그 만두 가게 할머니 말하는 거죠?"

"네. 설득하느라 상당히 힘들었습니다. 내년에 주식 상장된다는 소문이 쫙 퍼져서 개인 투자자들이 주식을 손에 쥐고 놓지를 않고 있는 상황이에요."

"그래서 어떻게 되었죠?"

"어쨌든 4년 전 발행가인 1주당 10위안을 주당 32위안에 65,000주 전량 매입하기로 했습니다."

"음, 그럼 가격이 어떻게 되죠?"

"중국 인민폐로 대충 2,080,000위안이 나오네요."

"잠시만! 이런, …계산해보니 환율이 장난이 아니군요. 휴우."

현수는 계산기를 두드리다가 순간 골이 지끈 아파오는 것을 느꼈다. 생각보다 쉽지가 않아서다.

사실 회귀를 하고 미래를 알면 모든 일이 쉽게 풀릴 줄 알았었다. 허나 현실의 벽에 부딪치자 그 외에도 체크해야 할 부분이 한 둘이 아니었다.

그 중 송금 문제가 가장 크다 할 수 있다.

현재 중국은 달러 베이스로 고정 환율제를 쓴다. 정확하게는 1달러당 5.7456위안화이다.

그러나 암시장에서는 1달러당 10위안이 넘는 금액으로 환전이 가능하다.

한두푼이라면 모르겠지만, 절대 적은 금액의 차이가 아니었다. 당신이라면 중국으로 송금을 할 때 어떤 루트를 따르겠는가?

여기서 한국 돈 1억이면 정식 루트로 송금을 하면 대충 730,000위안 정도가 나온다. 하지만, 비합법적인 루트로 보내면 금액은 대충 1,270,000위안이 된다.

그러니 그로서는 생각에 잠길 수밖에 없었던 것이다.

현수는 냉정한 어투로 말했다.

"지난번에 그 쪽 변호사가 소개해 준 그 홍콩 법인인가? 믿을만 합니까?"

"글쎄요? 그 부분은 쉽게 장담 못하겠습니다. 그렇다 해도 한국에서 정식으로 은행 통해 보내는 건 환차손이 너무 큽니다. 차라리 돈 좀 떼어 먹히더라도 여러 번에 걸쳐서 보내는 방식은 어떨까요?"

"몇 번에 걸쳐 분할해서 송금하면 위험성이 낮아진다는 의미인가요?"

"네. 그리고 그 쪽 역시 정상적으로 운영하는 큰 기업이라 혹시 몰라서 그러는 것이지 문제는 없을 것으로 판단합니다."

"좋습니다. 그렇게 하죠. 무슨 무역 회사라 했죠?"

"중국 항주에 위치한 CMK 무역입니다."

"그러니까 저번에 듣기로는… 그 쪽 홍콩 지사의 비자

금 계좌에 달러를 송금하면 CMK 본사에서 물품 대금 명목으로 가상의 서류를 꾸며서 최창섭씨에게 위안화를 건네준다는 거 아닌가요?"

"네. 환율은 1달러에 9.784입니다."

지난 번 두 번째 중국 출장에서 변호사의 입회하에 그와 최창섭은 주식 명의 대여에 대한 공증을 하였고, 친필 자서도 받았다. 오래 전 묻어둔 기억 끝에 있던 몇 가지 단서를 토대로 해당 주식의 명칭까지 알아내게 된다. 그리고 즉시 예원상성의 개인 투자자를 대상으로 매매 계약 작업도 진행했다.

하지만 이게 끝은 아니다. 사회주의 국가의 특성 때문에 환전이라는 걸림돌이 아직 남아 있었다.

현수는 성탄 전야의 약속 시간에 혹시라도 늦지는 않는지 시계를 슬쩍 보더니 빠르게 결정을 내렸다.

"그렇게 진행하도록 하죠. 대신에 좀 번거롭더라도 나눠서 돈을 넣을 테니 그리 아세요. 먼저 2억 보내드리죠."

"……."

"아마 정상적으로 환전이 되면 대충 2백 5십만 위안 정도 될 겁니다. 그 후에도 순차적으로 송금해서 적어도 천만 위안은 맞출 생각이니 계획한 것처럼 예원상성의 개인 투자자를 상대로 계속 접촉을 부탁드립니다. 천만 위안 한도 내에서 최대한 많이 수량 잡아 주셔야 합니다."

"걱정 마십쇼. 열심히 해보겠습니다."

"들어가세요. 연말 잘 보내시구요."

"본부장님도 잘 보내세요."

1991년 12월 24일 성탄 전야의 강남역은 수많은 인파로 북적거리고 있었다. 곳곳에서 울려 퍼지는 캐롤송은 오가는 이들의 흥취를 고조시켰고, 가게의 화려한 네온사인은 한 폭의 그림 같은 멋진 야경을 연출한다.

강남역의 뉴욕 제과 앞에서 뭐가 그리 좋은 지 서로 얼싸 안은 채로 꿀 같은 달콤한 대화를 나누던 찬형과 여자친구 수영은 저 멀리서 걸어오는 현수를 보더니 반갑게 손짓하며 불렀다.

"야! 여기야!"

"어!"

"여기는 저번에 한번 봤지?"

"안녕하세요. 현수씨?"

"아, 수영씨? 많이 기다렸어요?"

"아뇨. 우와, 현수씨 왜 이렇게 보니까 엄청 멋지다."

"에이. 뭘요?"

현수와 찬형, 그리고 수영이 간단한 인사를 한 후에 찬형이 가장 먼저 보인 반응은 평소와 달리 명품으로 휘감은 현수의 달라진 옷차림이었다.

찬형은 현수의 어깨를 가볍게 감싸쥐더니 장난스런 눈빛으로 낄낄댔다.

"하하, 자식! 간만에 멋 좀 냈나 보네?"

"크큭. 멋은 무슨! 원래 옷걸이가 좋은 거야."

"옷걸이 같은 소리 하네."

"어때 좀 괜찮아 보이냐?"

"큭, 이제 이 정도는 아무 것도 아니지."

현수는 평소와 달리 다소 과장스럽게 행동하면서 으쓱거리며 자화자찬을 했다. 그도 그럴 것이 평소의 푸석한 머리카락은 스프레이로 고정시켜 하늘로 치켜 올라가 있었고, 검은색 정장식 외투의 왼쪽에는 작은 글씨로 명품 'Burberry' 브랜드 라벨이 붙어 있었다.

어디 그 뿐인가?

손목에 찬 시계는 롤렉스 Rolex요, 목에 두른 머플러조차 구찌 Gucci였으니 이들이 이러는 것도 어쩌면 당연하다 할 수 있다.

"씨발! 우와? 어디 보자. 이게 얼마야? 전부 명품이네?"

"고럼? 왜 부럽냐?"

"부럽긴! 개뿔!"

찬형은 인상을 박박 긁으면서 살짝 비꼬았다.

"너? 오늘 만나는 여자 때문에 이런 거냐?"

"크흠, 그렇지 뭐."

"자식. 많이 컸다. 찌질하던 놈이?"

"까불기는! 어? 저기 온다. 미정씨?"

"아, 현수씨?"

미정은 약간 초췌한 빛으로 가볍게 미소를 지으며 다가왔다. 갈색의 머리칼이 바람에 날릴 때마다 좌우로 고개짓을 하는 모습이 꽤 고혹적이었는 지 주변에 있던 남자들의 시선이 꼭 한 번씩은 훑고 지나갔다.

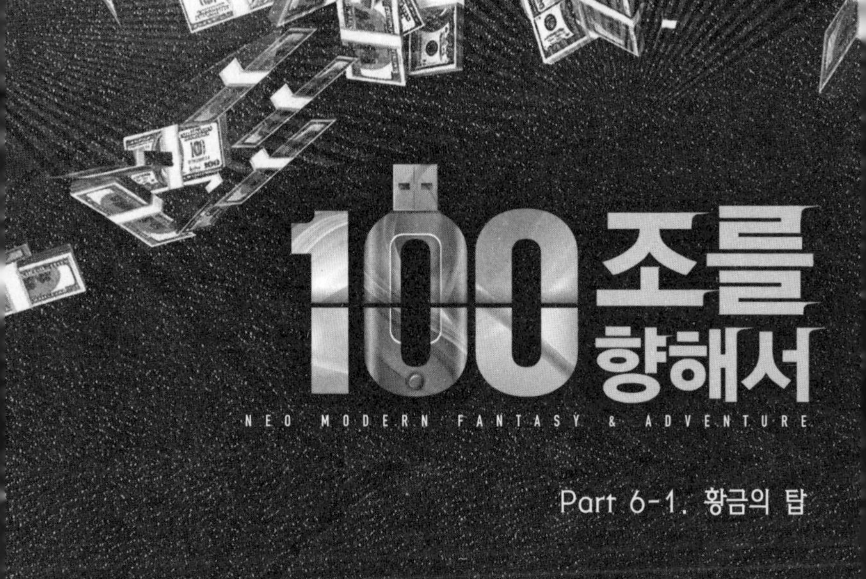

Part 6-1. 황금의 탑

Part 6-1. 황금의 탑

현수는 마른 침을 삼키며 다가가더니 소개부터 했다.

"여기는 제 친구인 찬형, 이쪽은 수영씨. 여기는 미정씨."

"안녕하세요."

"네, 반가워요."

"저도요."

"그럼 우리 뭐 좀 먹으러 갈까? 미정씨 뭐 좋아하죠?"

"글쎄요? 전… 아무 거나 괜찮아요."

찬형은 엊그제의 눈 때문에 얼어버린 지면의 얇은 얼음 조각을 부츠로 깨면서 끼어 들었다.

"그래요? 이 근처에 스테이크 잘하고 분위기 좋은 레스토랑 있는 데 거기 어때요?"

"저는 좋아요."

"저도."

그렇게 뉴욕 제과 뒤편의 2층을 통째로 다 쓰는 고급 레스토랑으로 들어갔다. 성탄절 때문일까? 나름 비싼 곳으로 유명한 이 스테이크점은 빈자리가 거의 없을 정도로 사람들이 바글거렸다.

그들은 송아지 안심 스테이크와 비프 스테이크 각 2개 세트 메뉴로 통일 시킨 후, 잡담을 하느라 정신이 없었다.

"얼마 전에 아파트로 이사했다면서?"

"응."

"몇 평이야?"

현수는 궁금하다는 듯 찬형에게 말했다.

찬형에게 배분된 작사/작곡료는 생각 외로 많았다. 아니, 아직 미성년자인 찬형에게는 천문학적인 거금이다. 따로 돈 쓸 일이 없는 그의 입장에선 집부터 구매하는 것은 어쩌면 당연했다.

"33평이야. 얼마 전에 잔금 치뤘어. 아직 어수선해서 정신이 없네."

"후후, 33평이면 괜찮네. 근데 언제 구경시켜줄 거야?"

"자식! 조금만 더 지나면 집들이 시켜줄게. 그러니 재촉

하지 마.”

미정은 입술에 묻은 립스틱을 휴지로 살짝 닦아내면서 마주한 찬형에게 반문했다.

“어머? 집이 어딘데요?”

“아, 압구정동 한양 아파트에요. 거기 갤러리아 백화점 뒤편에….”

“비싼 곳이네요? 부모님이 부자인가 보다.”

“아뇨. 저 고아에요. 제가 산 거에요.”

“설마?”

“네.”

미정은 전혀 뜻밖이라는 모습으로 안색을 붉히더니 즉시 정중하게 사과를 했다.

“미안해요. …일부러 그런 건 아닌데”

“괜찮아요. 오히려 이런 질문 받으면 더 난감해져요. 난 아무렇지 않은데 쩝! …괜히 다른 사람이 동정하는 그런 눈빛 그다지 유쾌한 기분은 아니죠.

“그보다 외롭지는 않아?”

찬형은 순간 모호한 눈빛으로 현수를 보면서 슬쩍 웃었다.

“그냥. 그래. 이제는 밴드형들한테 빌붙어 있지 않아도 되고 눈치 안 봐도 되니 오히려 홀가분하더라. 전부 네 덕분이다. 자식!”

"됐어. 친구지간에 이런 말 듣는 건 그다지 별로인거 알잖아?"

"오버는! 킄!"

미정은 고개를 끄덕이면서 다시 물었다.

"그럼 현재 하는 일이?"

"오빠는 현재 리버럴 Liberal이라는 메탈 밴드의 기타 멤버로 있어요. 이제 곧 정식으로 연예계 데뷔도 할 예정이고 작곡도 해요."

왜일까. 미정이 현수 대신에 찬형에게 궁금한 표정으로 연신 질문을 하자 옆에 있던 수영이 대신 나서서 설명을 한 것이다.

그런데 그 모양새가 좀 우스웠다. 누가 보더라도 늘씬한 미모의 소유자인 미정 때문에 여자 특유의 경계심 어린 방어 기제가 작용한 듯 보인다.

이른바 미묘한 신경전이다. 수영은 아예 찬형의 왼팔을 두르더니 자기 오빠가 얼마나 능력이 있는 지 자랑에 여념이 없다. 이 때 찬형이 미정에게 입을 뗀다.

"술 한 잔 드실래요?"

"술이라? 후후, 좋죠."

"와인? 맥주? 미정씨는 뭐 좋아하죠?"

"아무거나 잘 마신답니다."

"여기! 웨이터?"

"네."

"이 가게에서 가장 비싼 와인 주세요."

가게의 매니저로 보이는 중년인은 자리로 오더니 젊은 친구들을 아래 위를 살피면서 친절하게 대답했다.

"마침 1968년산 샤또 와인 Château Wine이 있는 데 그걸 드릴까요? 저희 가게에서 가장 좋은 와인입니다."

"그런가요? 좋아요. 그걸 주세요."

미정은 이런 그의 거침없는 모습에 미약하게 인상을 찡그리면서 시선을 창가로 회피했다. 그러다 다시 고개를 돌려 약간 비웃는 투로 말했다.

"그 쪽? 돈이 많나 보죠?"

"아, 그냥 쓸 만큼 있습니다. 그런데 왜?"

"아뇨. 그냥."

"잘은 몰라도 미정씨 표정이 안 좋아 보이는 것 같네요."

"후후, 세상이 불공평하다는 생각이 문득 들어서요. 저번 가로수 길에서 만났을 때는 그냥 뭐라고 할까… 영혼이 깨끗해 보인다는 느낌이었는데 지금 보니…."

"아니란 뜻인가요?"

"좀 원론적이고 철학적인 이야기일지 몰라도 세상은 겉으로 보이는 것이 다는 아니에요. 물질은 인간을 편하게 할지 몰라도 궁극적으로 행복을 선물하지는 않죠."

"……."

현수는 그 순간 미정의 눈에서 실망의 기색을 읽을 수 있었다. 물론 어쩌면 착각인지도 모른다. 하지만 그는 42년 동안 살아온 인생의 직감을 믿었다.

딱히 지금 말에 반박하고 싶은 게 없어서 그는 담배를 꺼내서 불을 붙였다. 잠시 둘 사이에는 어색한 침묵이 흘렀다. 미정은 더 이상 스테이크에 흥미를 못 느꼈는지 절반 이상을 남기더니 웨이터가 가져온 와인을 모두에게 한 잔씩 돌리기 시작했다.

미정은 현수와 유리잔을 부딪쳐서 가볍게 키스시키더니 50만원이 넘는 1968년산 샤또 와인을 위장에 들이 부으며 웃었다.

"달콤하면서도 은은하네요. 한 잔 더?"

"음, 확실히 괜찮군요. 향취가…."

"현수씨? 미안해요. 그냥 뭐라고 할까. 현수씨가 입은 옷이나 이런 것들 보니 그냥 부러워서 흰소리 좀 해봤어요. 진심 아니니까 너무 신경 쓰지 말아요."

"아, 아닙니다."

말끝이 순간 흐려졌다. 이빨을 질근 깨물었다. 말을 더듬은 이유가 어이없게도 미정이 하얀 블라우스 셔츠의 소매를 살짝 올렸기 때문이었다. 그리고 그가 본 것은 조각보다 새하얀 피부와 섬세한 손등과 손가락 마디다. 그 사이로 진한 라벤더 향기가 강렬하게 코끝을 스쳐갔다.

"그럼? 현수씨는 그 회사에 다니는 건가요?"

"아, 그게."

"……"

짧은 정적이다. 순간 현수는 주저하면서 머뭇거렸다.

찬형은 AMC의 실질적인 오너가 현수라는 것을 알고 있는 몇 안 되는 인물 중 하나다.

그가 끊긴 어색한 대화를 매듭짓기 위해 나서다 현수가 쏜 무언의 눈짓에 멈칫했다.

왜인지는 몰라도 여기서 자신이 그 회사의 오너라고 밝힌다면 안 될 것 같은 예감을 강하게 받은 것이다.

그는 아직 너무 어렸다.

지금 '제가 사실은 AMC라는 회사를 세웠는데 말이죠' 따위로 허세 섞인 대화로 진행이 된다면 어쩌면 그의 꼴만 더 우스워질 것 같은 분위기도 한 몫 했다.

직감적으로 느낀다. 미정의 깊은 심연 속에는 적의감이 꿈틀거리고 있음을 읽는다. 그 대상은 기득권층으로 그저 짐작될 뿐이다.

평소라면 이딴 우습지도 않은 신경전은 고려하지 않을 것이다. 하지만 이 미세한 불안감이 여자가 그를 탐탐치 않게 여길지 모른다는 상상으로 연결되자 세상 그 무엇보다 중요한 인과율로 이어졌다.

이윽고 현수는 헛기침을 하면서 말을 이었다.

"그렇죠. 뭐."

"알바? 아 그런거구나. 괜찮아요. 노동의 댓가는 세상 그 어떤 것보다 가치 있는 일이죠."

"미정씨는 그럼 앞으로 뭐 할 생각이죠?"

"이쪽 계통에도 재능이 없고 뭐 할까요? 글쎄요? 나중에 미국 유학이나 가고 싶네요."

미정의 뜬금없는 소리에 수영이 끼어들어 말을 끊었다.

"언니 집 잘 사나보다. 미국 유학 가려면 한 달에 생활비 장난 아니라던데?"

"아뇨. 그냥 꿈이에요. 이 좁은 땅이 아니라 보다 넓은 곳에서 사는 생활은 어떤 지 겪어 보고 싶을 뿐이에요. 그저 그게 다에요."

"미국이라. 좋죠. 나중에 같이 갈래요?"

"후후, 현수씨가 데려 가 준다면 얼마든지 오케이죠."

현수는 약간 억양을 높이면서 장난스러운 표정으로 맞장구쳤다.

"이런? 말만이라도 고맙네요. 근데 왜 이렇게 저를 비행기 태우세요? 부담스럽게?"

그 순간 미정은 창문에 기댄 채 멍하니 크리스마스 이브의 복잡한 인파를 응시했다. 그러더니 나지막하게 중얼거린다.

"당신은 착해 보여서요."

"……."

착하다고? 와인을 과음한 탓일까? 아니면 그냥 안경을 썼기 때문에 이미지로 형상화 되는 별 의미 없는 단어의 나열인 걸까? 현수는 기이한 표정으로 미정을 응시하더니 자리에서 일어나고 있었다.

2차로 옮긴 호프 가게는 무척 넓었고, 시끌벅적했다. 맥주 잔의 부딪침 소리와 뿌연 담배 연기, 참새처럼 재잘거리는 대화는 그 순간 풋풋한 청춘이 아직 살아 있음을 한껏 느끼게 했다. 미정은 꽤 취해 있었다.

자연스럽게 현수는 미정의 어깨를 부축하면서 들어가다가 누군가가 부르는 소리에 고개를 돌렸다.

"어이? 이게 누구야? 찬형이?"

"어? 어? 종태구나. 종식이도 있네?"

"바닥이 좁긴 좁나 보네. 이런 데서 다 만나고?"

"자식! 반갑다."

"후후, 그래."

2학년 때 같은 반이던 김종태가 중학교 때 한 때 함께 어울리던 찬형과 반갑게 포옹을 하면서 인사를 했다. 그와 동시에 민종식을 비롯한 그 또래 남녀가 뒤섞인 패거리들이 고개를 돌리며 직시했다.

그 중에는 현수가 아는 놈들도 있었다. 저번에 의자로 찍히고 완전히 밟아 버렸던 탓일까?

민종식과도 시선이 마주쳤지만 예전과 달리 거북했는지 모르는 척 그가 먼저 피하는 느낌이다.

민종식의 친구인 김상범은 예전처럼 동물원의 원숭이를 보듯이 힐끗 쳐다보며 피식 웃었다.

"어라? 정현수도 있네?"

"……."

김종태는 담배를 문 채로 건들거리면서 쓰윽 현수 일행을 보았다. 그리고는 한걸음 다가와 그의 어깨를 툭치며 비웃었다. 교묘하게 한계를 넘지 않는 선에서 상대의 자존심을 뭉개는 미묘한 동작이었다.

"네가 어떻게 찬형이랑 같이 다니냐?"

"왜? 다니면 안 돼?"

"아, 그건 아니고. 그냥 신기해서… 큭."

현수는 다소 불쾌하다는 표정으로 까칠하게 반응했다.

"김종태? 말조심하지 그래?"

"이야! 종식이가 방심하고 있을 때 기습해서 이겼다고 센 척 하는 거 봐라. 덜 떨어진 놈이 깝치기는!"

"뭐?"

"저게? 니 깔치냐? 주제에 이쁜 애 물었네. 재주도 좋아."

"야! 너희 왜 이래?"

"아냐. 찬형아. 그냥 별거 아니야."

찬형이 중간에 정색하면서 나서자 종태는 웃으면서 대화를 마무리 지었다.

찬형이 비록 현수와 더 가깝다 해도 그 둘 역시 청담 중학교 시절 꽤 친했던 사이였다.

미묘한 신경전이 끝나가던 그 때 김종태의 테이블에 앉아 다리를 꼬고 있던 여자애 하나가 소리쳤다.

"어머? 너 미정이 아니니?"

"으음? 어라? 넌? 재경이? 이게 얼마만이야?"

"반가워. 그 쪽은 네 남자친구?"

"아? 아직 그건 아니고 그냥…."

"아무튼 잘 됐다. 우리 같이 합석하자? 어때?"

"그래도 돼?"

"괜찮아. 너희 쪽 남자들도 서로 아는 것 같은데… 자! 앉아."

미정과 잘 아는 사이로 보이는 여자는 계속 미정의 손을 붙잡았고 덕분에 난처한 빛을 보이던 남자들도 어쩔 수 없이 함께 앉고야 만다.

물론 거북함을 느낀 쪽은 정확히는 현수뿐이었다. 찬형은 종태 뿐 아니라 그쪽 패거리 다른 몇 명과도 잘 아는 사이였다. 그들은 서로 그 동안 안부를 물어가며 대화를 하느라 정신이 없었다.

"밴드 한다며?"

"응. 니네는? 이게 얼마만이냐? 중학교 때 맨날 화장실에서 담배 피면서 노가리 까던게 엊그제 같은데?"

"그렇지. 찬형이 이 골초 새끼! 머리 좀 잘라라 그게 뭐냐? 자식! 양아치도 아니고."

"내 마음이야. 신경 꺼주셈."

"그나저나 어느덧 졸업이라 생각하니 아직 믿어지지 않네."

"그런가? 종태? 넌? 졸업하면 뭐 할 거야?"

"자식, 하긴 뭘 하냐."

그러자 곁에 있던 다른 놈이 끼어들어 참견했다.

"종태 저 새끼 요즘 바빠. 너희가 생각하는 것보다 훨씬 잘 나가."

"종태가 뭐하는 데 그래?"

"현철이 형이 얼마 전에 사람 부족하다고 종태 불러서 요즘 룸싸롱에서 기도 노릇도 하고 업소 아가씨들 관리하느라 정신없어."

심현철은 김종태가 있는 일진 클럽 '피닉스'의 2기수 위의 직계 선배로서 재작년에 영동고의 통합 짱이었다.

그를 기반으로 현재 모 조직의 조직원으로 들어가 업소 하나 임시로 배당 받아 관리 중인데 평소 주먹 좀 쓰고 깡다구가 있는 김종태를 특별히 눈여겨 봤다가 영입한 것이다.

현란한 조명, 비싼 양주, 쉽게 다리를 벌리는 아가씨까지 아직 어린 종태에게 이 세계는 그야말로 환상적인 곳이 아닐 수 없었다. 더 이상 선생의 잔소리도, 지겨운 분필 수업도, 혀 꼬부랑 영어는 존재하지 않는 끈끈하고 추잡한 욕망의 세계라 할 수 있다. 아이들은 그게 뭐 대단한 것이라도 되는 양 전부 김종태를 향해 거침없이 궁금증을 토해냈다.

"종태야? 다음에 우리가 너희 룸싸롱 가면 아가씨들 2차 공짜로 해 줄 거지?"

그러자 옆에 있던 여자가 질투를 하면서 남자의 허벅지를 세게 꼬집었다.

"아이 참! 이 인간들 진짜 여자라면 헤벌레 해가지고!"

"이 쌍년이! 넌! 좀 짜져! 콱!"

종태는 이런 모습이 재밌는 지 다리를 꼰 채로 거만한 어투로 고개를 까닥거리며 툴툴댔다.

"자식들! 이 바닥 룰을 모르네?"

"무슨 룰?"

"병신 새끼들. 내가 아무리 아가씨들을 관리한다 해도 그 년들도 먹고 살려고 나오는 건데 어떻게 공짜로 해주겠냐? 안 그래?"

"그래도 너 정도 힘이면 가능하지 않아? 씨발! 치사한 놈! 요즘 잘나간다고 아주 생을 까네. 친구 좋다는 게 뭐냐?"

"어휴 진짜. 알았어. 형님들한테 다음에 말해서 잘 해줄 테니 놀러 와. 아무렴 내가 그 정도 힘이 없겠냐?"

"그럼! 큭큭!"

다들 술이 너무 취해서였을까? 여자가 뻔히 있음에도 그에 대한 배려조차 없이 시궁창 같은 말을 내뱉고 있었다. 어쩌면 이들의 늑대와 같은 비열한 품성 문제인지도 모른다. 하지만 화가 치밀어 오른 신미정은 빈정거리며 핏대를 올렸다.

"웃기고 자빠졌네. 더러운 것들!"

"뭐? 이게! 지금 뭐라는 거야?"

"저, 저 미친 년! 돌았어?"

"미정아. 너 왜 이래?"

"뭐! 내가 틀린 말 했어? 너도 똑똑히 들어! 저딴 쓰레기들하고 어울리면 너도 똑같이 되는 거야."

"야! 신미정!"

사내들의 적당한 반발과 미정이 친구의 힘없는 만류, 그리고 찬형이 맥주잔을 테이블 위에 크게 내려 찍으면서 기함을 내뱉었다.

"모두 조용 안 해? 썅!"

"……."

"술 마시더라도 적당히 마셔. 지금 뭐하는 거야?"

"찬형아?"

"아! 좆깠네. 야! 야! 일어나! 가자."

이번에는 현수가 인상을 쓰면서 벌컥 일어나며 소리쳤다. 끝내 참았던 인내심이 마지막 한계를 드러낸 것이다. 그는 이미 만취해서 거의 인사불성인 된 미정의 어깨를 안더니 김종태를 날카롭게 노려보며 경고했다.

"경고다! 적당히 해라."

"어쭈? 이 새끼가? 지금 개기냐?"

김종태는 인상을 찡그리면서 상대의 목 부위 셔츠를 잡아채며 위협했다. 현수가 서늘한 음성으로 반발했다.

"좋은 말로 할 때 손 놔."

"안 놓으면? 어쩔 건데? 이 찌질한 새끼 그렇잖아도 종식이 일 때문에 손 한번 봐주려고 했는데 잘 됐네. 어디 어떻게 죽여줄까? 썅!"

"……."

"김종태! 그만 해."

"찬형아!"

"시끄러! 간만에 만났는데 넌 옛날이나 지금이나 똑같구나. 그 손 놔!"

"젠장! …나이도 먹었는데 착한 내가 참고 말지. 툇! 꺼져!"

"참기는 개뿔!"

박찬형은 중학교 시절 싸움으로 상당히 유명했었다.

김종태도 잘 나갔지만 박찬형 또한 충분히 이름값을 할 정도 이 바닥에서 날렸던 인물이다.

거기다 현수는 이유야 어떻든 실제로 종식을 묵사발을 만들어 버린 놈이다. 오죽하면 민종식이 정현수와 합석을 한 이후에도 말 한마디 안 걸었을까?

그런 탓에 종태는 분노가 치솟았음에도 꾹 참고 그들 을 보내 준 것이다. 그는 술을 벌컥 들이키더니 저쪽 구석에 대기 하고 있던 키가 작고 빤질거리게 생긴 천우창을 향해 손짓했다.

"야! 곱창! 빨랑 안 튀어와?"

"어. 그래."

"가자. 잘 먹었다. 근데 너? 정현수 저 새끼 요즘 왜 저러는 지 알아?"

천우창은 고개를 쭈뼛거리면서 자신감 없이 되물었다.

"…그게 무슨 뜻이야?"

"예전에 저 새끼도 너처럼 병신이었잖아? 안 그래? 어휴! 등신 새끼! 내가 너랑 무슨 말을 하겠냐. 야! 가자."

"……."

김종태는 그의 어깨 높이밖에 오지 않는 천우창의 머리카락을 장난감처럼 잡고 흔들더니 재미없다는 듯 나갔다.

천우창은 모두가 다 나갈 때까지 우두커니 서 있었다. 손에 들려진 주문 명세서를 본다.

나중에 찬형이 일행까지 합류하느라 무려 19인분의 식대 값이다. 그는 입술을 꽉 깨물었다. 식대는 그래도 참을 수 있다. 그의 집은 생각보다 부유하기 때문이다.

허나, 방금 김종태가 보여준 '병신' 같다는 조롱과 여자 아이들의 깔깔거리는 맞장구 소리에 고개를 들 수가 없었다. 아득한 절망감이다. 저기 바로 계단에서 누군가 여자와 낄낄대고 있었다.

"저 오빠! 왜 저렇게 바보 같애? 큭큭."

"오빠는 무슨! 지난 번엔 교실에서 손과 팔 다 잡히고 애들한테 거시기 털까지 뽑혔다니까. 쯧, 저 찐따 새끼. 왜 사는지 몰라."

"어머! 오빠!"

"왜?"

"갑자기 토 쏠리잖아. 더럽게 변태도 아니고!"

그는 귀를 막았다. 눈도 감는다. 한참을 그렇게 귀머거리처럼 서 있었다. 하지만 그는 곧 종종 걸음으로 그들을 쫓아간다. 아직까지 그는 이 모임의 멤버였다. 스스로 합리화를 시켰다.

자기 보호 본능일까. '친구' 라는 이름으로 모임에 불러주는 오늘처럼 성질을 내지 않을 때는 그에게 따뜻한 말도 건네던 '좋은 종태' 의 이미지를 억지로 떠올린다. 그렇게 세뇌시킨다.

아직 아슬아슬한 친구라는 경계에 있다고 그는 최대한 믿고 있었다. 아니, 믿어야 했다.

Part 6-2. 황금의 탑

Part 6-2. 황금의 탑

"괜찮아요?"

"우웩. 오, 오지 마요."

"……."

바깥은 그 사이에 새하얀 설원의 장관을 이루고 있었다. 순백의 하얀 눈은 세상의 모든 더러움을 다 씻어내는 것처럼 거리를 뒤덮은 상태다.

미정은 가게의 바로 옆에서 허리를 구부리더니 오바이트에 여념이 없다.

그 뒤로 찬형과 수영이 서로 팔짱을 낀 채 뭐가 그리 좋은 지 웃으면서 기다리는 중이다.

현수는 미정을 응시했다. 이상한 일이다. 추하지가 않았다. 더럽지도 않았다. 물론 성욕도 아니다.

기이한 듯 미소를 지었다. 와인과 맥주를 주량 이상으로 들이 켰던 탓일까. 머리는 이미 논리 회로가 끊긴 느낌이다. 그는 천천히 다가가 그녀가 거부를 하든 말든 등을 토닥이며 두드렸다. 미정은 잔뜩 성질을 부렸다.

"아씨! 하지 말라니까."

"가만있어 봐. 이러는 게 더 좋아요."

"윽, 우씨!"

"그래요. 더 토해요. 더! 더!"

"으으…!"

"잘하네. 뭐."

2-3분이 지났을까? 김종태 일행이 맥주 가게를 나오더니 이런 이들의 모습을 한심한 듯 잠깐 본다. 그러다 다시 자기네들끼리 고함을 치면서 떠들어댔다.

"종식아? 근데 이게 네 차야?"

"아니. 형 차인데 몰래 가져 왔어. 어때? 멋지냐?"

"면허는 그렇다 쳐도 술 마셨는데 괜찮겠어?"

"…됐어. 등잔 밑이 어둡다고 원래 오늘 같은 연말에는 경찰도 회식하느라 단속을 안 해. 걱정 붙들어 매."

"그, 그럴까?"

자동차는 1988년식 현대 소나타 구형이었다. 성탄 전야라고 아이들에게 자랑하려고 잠시 가져 나온 차다.

하지만 그런 우월감은 곧 사라지고야 만다. 예나 지금이나 강남역 이면도로는 복잡하기 짝이 없었다. 특히나 종식은 면허도 아직 없었고, 운전 경력이 그리 많은 편이 아니다.

10여 미터를 빠져나가던 소나타는 그 순간 반대 편 골목에서 갑자기 튀어 나오는 차를 피하려다 판단미스로 악셀레이터를 강하게 눌렀던 것이다.

그 여파로 소나타의 차축이 강하게 왼쪽으로 회전을 했다. 그러더니 맞은 편 차의 범퍼를 그대로 들이박으면서 날카롭게 긁어버렸다.

"이, 이런 미친 놈!"

"사고다!"

"뭐, 뭐?"

고함 소리가 사방에서 급하게 터져 나왔고, 상대방의 차에서 자동으로 경보음이 울려 퍼진 것은 순식간이다.

위이이잉잉잉!

귓가를 강하게 자극하는 요란한 소음은 주위에 있던 행인이나 구경꾼을 모으기에 충분했다. 종태가 사색이 된 표정으로 즉시 차문을 열고 나오더니 성질을 부렸다.

"젠장!"

민종식, 그리고 여자들, 뒤에 있던 찬형 일행까지 모여드는 것은 한순간이다. 들이받은 차는 각 그랜저로서 그것도 가장 비싸다는 3,500cc로 보였다.

차주와 그 일행은 전부 2명이었는데 사고가 발생하자 바로 내리면서 인상을 잔뜩 찡그렸다.

"뭐야? 뭔데 남의 차를 받아?"

짧은 스포츠머리에 인상이 날카로워 보이는 젊은 청년 둘은 상대가 생각보다 어려 보이자 언성부터 높였다.

하지만 김종태 일행도 만만치 않았다.

"아 씨팔! 언제 봤다고 반말이야? 운전하다 보면 실수할 수도 있는 거지 왜?"

"뭐? 이것들이 미쳤나?"

"지랄하고 있네!"

"풋. 이 새끼들이 세상 무서운 거 모르네."

민종식은 하이에나처럼 상황을 빠르게 파악했다. 무면허에 음주 운전까지 한 상황이라 까딱 잘못하면 인생 조질 수도 있었던 탓이다.

그렇다고 도망치기도 만만치 않아 보였다. 주변은 서커스 구경을 하듯이 관객들이 우르르 몰려와 벽을 친 형태였다. 뒤로는 방금 헤어졌던 동기들이 저 멀리서 황급하게 달려오자 이에 독하게 마음을 먹었다. 아예 저 둘을 작살내고 현장을 정리하는 게 낫다고 판단한 것이다.

저들은 고작해야 둘이었다. 비록 눈빛이 심상치 않아 보였고, 어깨가 쫙 벌어진 게 건장했지만 이쪽은 남자만 여섯이다.

종식은 입술을 강하게 깨물면서 운전석에서 내린 남자에게 성큼 다가갔다.

“어이! 그냥 꺼져. 기분 오늘 안 좋으니까 자꾸 깝치면 뒈지는 수가 있어.”

“후후. 이 새끼들 완전 양아치네? 너? 우리가 누군지 알아?”

“꼴에 센 척하기는!”

그러면서 그는 종태를 비롯한 뒤에서 몰려오는 동기들을 향해 무언의 눈짓을 하더니 달려들었다.

“야! 그냥 조져! 조지고 모두 튀어!”

“죽어!”

“어쥬? 이것들이 단체로 약 먹었나?”

“좃까!”

하지만 현실이 생각대로 이루어진다면 무슨 재미가 있을까? 일반적으로 6 대 2의 싸움이라면 숫자가 앞서는 쪽이 이기는 게 당연했으나 지금은 달랐다.

그 2명은 유도를 전공한 한국 체대 장학 특기생들이었고 어둠의 계통에도 한 다리를 걸친 이들이다.

마침 선배가 관리하는 강남역 근처의 유명 나이트 클럽에 인사 겸 놀러왔다가 이런 봉변을 당한 것이다.

제아무리 이들이 고등학교에서 잘나간다 해도 오랫동안

유도를 전공한 그들에게는 어린아이가 주제도 모르고 어른에게 달려드는 꼴이었다.

기세는 살벌해 보였다. 주먹도 위협적으로 날아온다. 그러나 딱 거기까지다. 훈련이 안 된 주먹은 가벼운 회피 자세 몇 번으로 쉽게 피해진다.

거리가 있을 때는 유리한 듯 보였지만, 근접전으로 들어가자 6명 중 3명이 그 자리에서 박살났다.

그들은 잔인했고 거침이 없었다. 눈 깜짝할 사이에 어깨뼈나 손목 관절이 잡히자 참혹할 정도로 꺾이고 부서졌다. 비명은 동시 다발로 터져 나왔다.

"으아아아악!"

"사, 살려줘! 커억!"

뼈가 탈골된 양아치 둘은 그 자리에서 가마 위에 올라간 고양이처럼 괴성을 질러대는 중이다.

다른 하나는 다리가 들리는가 싶더니 공중에서 180도를 날아가 콘크리트 벽에 머리가 크게 부딪쳤다.

선홍빛 피는 처참하게 튀었다. 또 다른 하나는 겁에 질려 뒤도 돌아보지 않고 도망을 쳤다.

종태는 직감적으로 만만치 않다고 느꼈다.

보통 놈들이 아니다.

젠장! 어금니를 깨물었다.

평소 김종태, 민종식, 김상범은 세상에 무서울 것 없이 돌아다녔다. 방황하는 청춘이라는 미명하에 밤에 데이트하는 남녀를 붙잡아다 돌림빵을 놓거나 술 취한 행인의 뒤통수를 때려 돈을 훔치는 퍽치기는 기본이다. 기분이 다운될 때는 심심풀이로 상점의 유리를 의자로 깨부수고 물건을 턴 적도 있을만큼 거칠었다.

하지만 지금만큼은 아니다. 온 몸에 오한이 들고 있었다. 그것은 공포심 가득한 전율이었다.

그는 결국 야릇한 미소를 짓더니 악에 바쳤는지 바로 옆 슈퍼로 들어가서 맥주병 2개를 들면서 그 자리에서 깼다.

"씨발! 이 개새끼들 다 죽인다!"

"병신, 이거 완전 양아치네?"

"덤벼! 네 놈들 배는 철판이냐?"

"우와. 무서워라. 큭."

어느새 종태 일행 5명을 다 무력화시킨 둘 중 하나가 비웃음을 날리더니 천천히 전진해 왔다.

맥주거품으로 범벅이 된 김종태의 두 손에는 반쯤 잘려나간 예리한 병조각이 들려 있었다.

그 병조각은 금방이라도 피를 달라고 발광하는 귀기가 서려 있는 것처럼 섬뜩했다.

그럼에도 남자는 침착했는데 아무래도 흉기다 보니 아까와 다르게 섣불리 제압을 시도하지 않고 있었다. 그는 재차 기이한 미소를 지었다.

“다시는 함부로 병을 깨고 날뛰지 못하게 아예 사지를 불구로 만들어주지.”

“젠, 젠장! 깝치지 마!”

확실히 이런 류의 싸움에 꽤 익숙한 듯 하다.

싸움을 하면 대부분 나타나는 흥분 같은 전조 증상이 없었기 때문이다. 또한 굉장히 냉정했다. 그는 자신의 외투를 왼팔에 칭칭 감더니 상체를 구부정하게 숙이기 시작했다. 그러더니 왼팔을 방패막이로 삼아 빠른 속도로 발걸음을 옮겼다.

“죽어!”

놀란 종태는 기겁을 하면서 깨진 병을 드세게 휘둘렀다. 허나 병조각은 허무하게도 외투로 감은 팔에 막히고야 만다. 동시에 상대는 로우킥으로 종태의 무릎을 강하게 찍어 찼다. 극심한 고통이 뒤따라왔다.

으아악!

남자는 영화 속 주인공과 달리 인정사정 봐주지 않았다. 거리가 좁혀지자 비열하게 웃더니 속삭였다.

“너 같은 양아치 새끼들을 잘 알지. 하늘 높은 줄 모르고 까불면 어떻게 되는 지 오늘 이 형님이 보여주마. 어디 한 번 뒈져봐.”

“커억!”

남자는 그 자리에서 어깨를 꺾어서 탈골시켰다. 그것으로도 모자란 것일까. 명치의 급소를 강하게 때렸다.

김종태는 입에서 개거품을 물면서 부르르 떨면서 쓰러졌다.

구두축에 차여서 얼굴이 돌아갔다. 다시 그 구두는 연약한 눈과 콧등을 짓이겼다. 고통에 못 이겨 고개를 돌리자 뒤통수를 또 가격한다. 끔찍할 정도로 잔인한 구타였다.

"으아악!"

"시끄러!"

"커억! 제,제발! 살려주세요."

"너 같으면 살려주겠냐? 등신 새끼!"

"아악!"

남자의 세계에서 깡이란 잘못하면 큰 화를 불러일으키는 경우가 있다. 병을 깨고 덤빈 원죄다.

패고 또 팬다. 이빨이 부러지고, 입에서는 피분수가 터졌다.

"제, 제발…."

얼마나 고통스러운지 김종태는 그저 바지가랑이만 부여잡고 굼벵이처럼 상체와 하체를 모은 채로 땅바닥만 뒹굴 뿐이다.

평소 그 당당하고 오만했던 그 김종태는 지금 이 순간 그 어디에도 존재하지 않았다.

주위에 구경꾼들은 많았지만 그 어떤 이도 쉽게 나서지 못했다. 그만큼 2명의 남자가 보여주는 포스가 대단했던 탓이다. 6명의 건장한 남자를 5분도 안 되서 박살낸 이들이다.

이를 처음부터 지켜 본 찬형이 침울한 빛으로 입을 열었다.

"미치겠네. 종태, 저러다 반신불구 되겠어."

"나서지 마. 잘못하면 너도 다쳐. 곧 경찰 올 거야."

"젠장! 경찰 오기 전에 애들 다 죽어."

"찬형아!"

"내가 없었으면 몰라도 본 이상 어떻게라도 해야지. 종태가 좀 거칠기는 해도 그렇게 나쁜 놈은 아니야."

그러면서 찬형이 중간에 끼어들더니 남자들에게 부탁했다.

"형님들? 이 정도로 끝내면 안 될까요?"

"넌? 또 뭐야? 뒈지기 싫으면 꺼져."

"자, 자. 그러지 마시고…."

김종태는 박찬형이 자기를 위해 나서자 고개를 흔들었다.

"끼, 끼어 들지마. 이 놈들 프로다…."

그는 직감적으로 느낀 것이다.

박찬형까지 자기 때문에 해를 입어서는 안 된다는 어설

픈 의리로 나섰다. 스포츠 머리의 남자는 잠시 무언가를 생각하더니 돌연 뒤에 있던 다른 종태 패거리들을 부르며 손짓하기 시작했다.

"좋아. 더 이상 패봤자 내 손만 아프니 어여들 모여봐."

"죄, 죄송합니다. 다시는 안 그러겠습니다."

"그보다 모두 꿇어라."

"……."

"딱 열까지 센다. 무릎 안 꿇으면 다 뒈진다. 하나, 둘, 셋…."

죽음과 같은 정적이 흘러갔다.

살기와 공포, 고통, 당황, 수치, 망설임 따위의 서로 다른 감정의 편린이 머리를 감싸 쥐고는 흔들었다.

그들은 여기서 복종 하지 않으면 더 심한 보복이 따라온다는 점을 잘 알고 있었다. 결국 서로의 눈치를 조금 살피다 그들 모두는 무릎을 꿇고 만다.

압도적인 힘의 차이에서 온 철저한 굴복이 아닐 수 없다. 남자는 기가 막히다는 듯이 핏대를 올렸다.

"어휴! 이 씨발 잡것들 차 수리비는 있냐? 앙?"

"그, 그게."

"내 차 어떻게 할 거야?"

"크흑. 어떤 일이 있어도 보상해드리겠습니다."

"아 씨발!"

저 멀리서 천우창은 김종태가 처참하게 당하는 광경에 눈을 감지 못했다. 워낙에 심하게 당한 탓일까? 그에게 김종태라는 존재는 철벽과 같은 악의 성이었다.

그런 김종태가 병까지 깨고도 애들 장난처럼 제압되고 개처럼 얻어터진 것이다. 믿을 수 없는 일이었지만 진실이다.

그는 짜릿한 희열을 느꼈다. 뒤이어 무자비한 구타가 이어지자 결국 세상 무서울 것 없던 양아치들이 모두 무릎을 꿇었다.

그들은 당당했다. 거칠었고, 잔인했으며 사나웠다.

그런 맹수들조차 나중에 나타난 진짜 조폭으로 추정되는 이들에게 고개를 숙인다.

철없는 불량 청소년들을 교육한다는 미명하에 다시 사정없이 패던 그 시점에 누군가가 부르는 소리를 들었다.

"민수야. 그만해라. 쯧, 도로 한복판에서 뭐하는 짓이냐?"

"아, 형님! 오셨습니까?"

뒤에는 슈트를 입고 담배를 꼬나 문 체격이 좋은 거한이 후배로 보이는 민수라는 남자에게 말을 건넸던 것이다. 그리고 그 거한의 뒤로는 예닐곱 명의 검정색 슈트를 입은 심상치 않아 보이는 떡대들이 시립해 있었다.

그 둘은 이들이 등장하자 아까 보여주던 야수와 같은 기세는 어디가고, 90도로 고개를 숙인 채 현 상황에 대해 간략하게 설명하기 시작했다.

거한은 민수의 어깨를 툭툭 치면서 흥미롭다는 어투로 충고했다.

"그래도 적당히 해라. 좀 있으면 짭새들 올 텐데 어쩌려고 그래?"

"운전한 놈이 딱 봐도 음주 운전입니다. 저들 때문에 그랜저 앞부분이 크게 박살나서 그냥 보내주기에는 손해가 너무 큽니다."

"그런가? 아니면 잡아서 창고에 가두던지…."

그러던 그 때다. 그를 누군가 부르는 음성이 들렸다.

"재철씨?"

"누구야? 어? 이거 누구야? 정 사장 아닌가?"

"여기는 어떻게 오신 겁니까?"

"나야, 우리 애들 관할이 여기니까 어떻게 하겠소? 그냥 들러 본 거지. 그나저나 요즘엔 왜 안 오는 거요? 동운이 형님이 술 한 잔 하자고 하던데?"

"하하, 그냥 요즘 바빠서…."

"에이. 그래도 그러면 쓰나?"

"그럼요. 자주 뵈야죠."

"연락 자주 좀 하쇼. 그런데? 무슨 일?"

상황은 우습게 변화되고 있었다. 영동고 일진을 초죽음으로 만든 2명의 떡대에게 인사를 받은 인물은 바로 OB파 행동대원인 주재철이다.

현수는 그 날 이후로 일주일에 1-2번씩은 반드시 당구장을 찾아가 당구나 카드를 치거나, 혹은 술을 같이 마시면서 이들과 꾸준한 친분을 쌓는 중이었다.

그리고 얼마 전에는 진동운에게 현찰 천 만원을 따로 내놓고는 조직 관리에 보태쓰라는 호쾌함도 보였다.

진동운 정도 급이 되면 밑에 따르는 부하들이 한 둘이 아니다. 그의 직계 동생이야 6-7명밖에 안 된다 해도 다시 그 밑이나 주위로 거미줄처럼 연결되어 있는 게 이 계통의 법칙이다.

예나 지금이나 조폭으로서 권위를 세우는 방법은 압도적인 무력과 강력한 자금원이다. 주재철은 진동운이 정현수를 신임하는 모습을 두 눈으로 익히 본 인물이다.

그는 기이하게도 사람을 편안하게 하는 재주를 가진 듯 보인다.

만약 그렇지 않았다면 그 까칠한 진동운이 겨우 이 정도 인연으로 꾸준하게 교류를 유지하지 않을 것임은 누구나 추정할 수 있다. 신뢰는 곧 인품으로 연결된다.

진동운이 믿는 사람이면 주재철도 당연히 믿는다. 그것이 조직의 생리이자, 형님에 대한 충성이다.

현수는 재철의 궁금한 표정에 부드러운 미소로 고개를 끄덕였다.

"이거 참! 조금 아는 애들입니다."

"흠, 그렇군요."

천우창은 제법 날씨가 쌀쌀함에도 주머니에 손을 넣는 것조차 잊은 채 두 눈만 깜박거리고 있었다.

우창은 엉겁결에 중얼거렸다.

어, 어떻게? 현수가?

그와 현수는 중학교 2학년 때 같은 반이었다. 그 시절의 현수는 우창이처럼 나약하고 겁이 많아서 자주 강한 애들에게 당하고는 했었다.

그러나 몇 년 만에 우연히 만난 현수는 달라도 너무 달라져 있었다.

탤런트 뺨치는 여자 친구를 데려왔을 때의 질시감 어린 충격은 물론이고, 버버리, 구찌, 롤렉스로 무장한 저 명품은 대체 무엇이란 말인가?

술을 마시다 우연히 화장실에서 나누던 대화가 기억났다.

– 오랜만이다. 넌 예전이나 지금이나 똑같구나. 아직도 김종태 패거리 자동지급기 노릇 할 거야?

- 네가 뭘 안다고 그래? 나도 어쩔 수가 없어. 칫!

- 쯧. 자기 합리화는! 벽을 넘어봐. 죽을 용기로 세상에 맞서 싸워. 그러면 돼.

그저 그 한 마디뿐이다. 그 때 그는 직감했다. 그의 말투와 행동에서 그의 여유로움을 느낄 수 있었다.

그의 세계는 자신과는 다른 공간에 저 멀리 떨어져 존재하고 있음을….

말이 많고, 이기적이고, 나약한 현수는 없었다. 이제는 거인처럼 크고 성숙해진 정현수와 여전히 마음의 벽을 뛰어 넘지 못하는 겁쟁이 왕따 천우창만 있을 따름이다.

가장 믿을 수 없는 장면은 이 끔찍한 상황을 정리한 저 조폭과 그가 아는 사이처럼 보였다는 사실이다.

직접 두 눈으로 보지 못했다면 아마 그 누구도 믿지 못했을 것이다.

"잠시 애들 상태 좀 봐도 될까요?"

"그러쇼."

재철에게 잠시 양해를 구한 현수는 비참하게 무릎 꿇고 있던 그의 턱을 들더니 뺨을 꼬집으며 빈정거렸다.

"세상이 무서운 게 없지? 안 그래? 종태?"

"크흠, 몰랐다. 저 쪽 계통에 인맥이 있는 지는… 우리 좀 도와줘. 부탁이다."

종태는 어리석지 않다. 한 눈에 주재철이 누구인지 알아차렸던 것이다.

주재철은 전국 3대 조폭 중 조직원인 놈이다. 그의 직속 선배 현철이 강남파의 말단 조직원이다. 허나 건달 몇 명의 집합체인 강남파와 피의 쟁투로 강남역 전체를 석권한 OB파와는 격이 다르다.

그야말로 세력이나 쪽수에서 상대가 안 된다. 이대로 OB파와 연관이 된 남자와 원한을 맺는다면 훗날 그들에게 어떤 보복이 올지 안 봐도 뻔했다. 그는 지금 제정신이 아니었다.

"부, 부탁이다. 도와줘."

"휴우, 어쩌다 이렇게까지 되었냐? 종태야?"

"미안하다."

"저기 천우창 보이지?"

"아, …우창이? 근데 왜?"

눈과 눈이 마주쳤다. 두 쌍의 눈에는 많은 의미가 함축되어 전달되고 있었다. 한심, 분노, 위축, 편협, 그리고 적의 따위의 새된 감정 따위의 편린이다.

"예전에 내 친구였던 것은 알고 있니?"

"미, …미안."

"딱 한 마디만 할게. 너도 맞아 보니 고통스럽지? 우창이도 그럴 거야."

"……."

"그러니 그러지 마라. 우리 인생 고따위로 더럽게 살지 말자. 알겠냐? 이 등신 새끼야? 왜 좆 같냐?"

"아, 아니. …약속할게. 앞으로 절대 그럴 일 없을 거다."

"좋아. 그래. 그러면 돼. 빌어먹을! 썅!"

Part 6-3. 황금의 탑

Part 6-3. 황금의 탑

현수는 어깨를 펴더니 고개를 돌려 재철을 바라봤다.

"재철씨? 이 애들 그냥 놔주면 안 되겠습니까?"

순간 주재철은 난감하다는 기색이 역력했다.

"이거 참. 다른 사람도 아니고 정 사장 부탁인데…."

"민수야. 이 정도만 하고 끝내면 어떻겠냐? 응?"

"저, 그게…."

민수라는 남자는 머리를 긁적거리며 머뭇거렸다.

이를 지켜본 현수는 지갑을 꺼내더니 빳빳한 십만원짜리 수표를 세어서 남자에게 건네주었다.

"3백 만원입니다. 이 정도면 수리비용에 정신적인 비용까지 적당한 선이라 생각하는 데 어떤지요?"

"아, 이거. 죄송하게 되었습니다."

"아닙니다."

"형님이 아시는 분인데 제가 돈까지 받아서야…. 3백 만 원은 너무 많군요. 죄송한데 2백만 받겠습니다."

그는 주재철의 눈치를 살피더니 수표 30장 중 10장을 그 자리에서 돌려주었다.

그 후 주재철 일행을 향해 90도로 허리를 굽히더니 아직도 무릎 꿇고 있던 김종태를 향해 손짓했다.

"이거 미안하네. 설마 자네 친구 중에 동운이 형님과 아는 사람이 있는 줄은 꿈에도 생각 못했네."

"어, 어… 그게."

"모두 일어나도록! 세상일이라는 게 살다 보면 가끔은 좆 같은 경우도 만나는 법이니 그냥 잊어버리게. 나중에라도 혹시 우리에게 원한 갖지 말고. 그럼."

"안, …안녕히 가십쇼."

민종식과 김상범은 아까의 지독한 폭행으로 자존심은 내팽개쳤는 지 그랜저가 출발하자 황급히 인사를 했다.

뒤이어 경찰차의 싸이렌 소리가 이 일대를 감싸왔다.

재철은 경찰의 등장에 인상을 찡그리면서 현수에게 악수를 청했다.

"다음에 또 봅시다. 혹시 뭔 일 있으면 연락하쇼. 우리가 힘닿는 대로 도와 줄 테니."

"아닙니다. 오늘 일 힘써줘서 오히려 제가 더 고맙군요."

"자, 나중에 연락합시다. 애들아 가자."

"네, 그러죠."

지금까지 무대를 고수하던 관객들도 이제는 하나 둘씩 떠나고 있었다. 현수는 담배를 한 대 물더니 찬형과 수영에게 기대 있는 미정의 망가진 모습을 본다.

어쩐지 1차부터 심하게 달리더니! 미정은 거의 인사불성이 된 상태였다. 그는 시선을 흘기더니 미정을 일으켜 세우며 투덜거렸다.

"아니! 이 여자가 처음 만나는 남자 앞에서 겁도 없이 말이야."

"후후, 왜? 당신도 나를 갖고 싶어? 그런 거야?"

"이봐요! 미정씨! 정신 차려. 집에 데려다 줄 게."

"아 진짜!"

"미정씨?"

"……."

"미정씨?"

"……."

"휴, 별 수 없군. 업어야겠네. 나 먼저 간다."

"그래. 조심해서 잘 들어가."

현수는 미정을 등 뒤로 업었다. 그리고 걷기 시작했다.

부드러운 머리칼이 흩어져 현수의 코끝에 닿았다.

여자 특유의 아카시아 향기가 풍겨져 온다.

무거웠다. 아니 무겁지 않았다.

원한다. 아니 원하지 않았다. 안고 싶다. 아니, 안고 싶지 않았다. 힘들다. 아니, 힘들지 않다.

남성의 원초적인 욕구가 불끈 솟구쳤다.

여자는 무어라 중얼거렸다. 아마 꿈속의 노래를 부르는가 보다. 그는 미약하게 미소를 드러냈다.

몸을 떨어트리지 않기 위해 엉덩이에 손을 가지런하게 모았다. 여체의 풍만한 가슴이 체온을 데우며 수줍은 병아리처럼 살며시 접촉했다.

그는 걷고 또 걸었다. 그러다 시무룩하게 하늘을 보았다. 밤하늘에는 무수히 많은 별들이 저마다 재잘거리며 이 사랑을 질투하는 것 같았다.

❋

시간은 빠르게 지나간다. 현수의 일상생활은 반복되는 규칙의 되풀이라 할 수 있다. 그는 아예 대입 학력 고사를 보지 않았다. 비록 그 때문에 집에서 부모님과 옥신각신 언쟁이 다소 있었지만, 결국 승자는 그였다.

아버지는 트럭 외에도 기아 콩코드 2.0을 샀다. 마즈다

카펠라 4세대 모델이 베이스인 콩코드는 이 당시만 해도 부유층의 상징이나 마찬가지였다.

아들이 돈을 잘 버는 덕분에 이제는 편하게 집안 일만 하는 어머니는 툭하면 아버지를 조르는 게 일과다.

그 때문에 아버지는 콩코드를 몰고는 전국 명승지를 찾아다니며 때늦은 풍요로운 노후를 즐기는 중이다.

18평 짜리 반지하 연립주택도 원래는 더 넓고 좋은 아파트로 이사를 할 계획이었으나, 생애 처음으로 마련한 자기 집이라는 애착과 중국 쪽 주식 문제, 문어발식으로 벌이는 사업 때문에 부족해진 자금이 발목을 잡았다.

그 후, 이런 저런 가족과 논의 끝에 조금만 더 머물기로 어쩔 수 없이 결정하게 된다.

물론 현수는 상황이 좋아지면 60평짜리 압구정동 현대아파트나, 혹은 성북동쪽에 아예 단독주택을 새로 짓는 방법도 염두에 두고 있었다.

미정과는 가끔씩 통화는 했으나, 그와 그녀 사이에는 아직도 여전히 알 수 없는 거리감이 존재했다.

물론 좀 더 정확히는 현수가 더 많은 관심을 보일 따름이다. 저울의 추가 한쪽으로 쏠리는 일방적인 감정이다. 하지만 이런 방식이 더 좋다고 느낀다.

너무 빨리 끓인 물은 금방 식기 마련이기 때문이다.

일주일에 1번 정도의 통화와 2-3주에 한번 만나는 이런 패턴은 회귀 전이라면 안달이 나서 발을 동동 굴렀겠지만 정신 연령이 성숙한 지금은 느긋한 마음으로 이런 짝사랑도 즐길 수 있다.

영어, 중국어는 여전히 꾸준히 배우고 있었다.

언어라는 것이 하루 이틀에 완성 되는 것이 아님을 잘 알고 있기에 시간이 날 때마다 최선을 다해 공부에 매진하는 편이다.

복싱은 꾸준하게 기본기를 연습한 덕분에 현재는 어느 정도 자세가 잡혀 있었다.

부가적으로 덤벨과 벤치 프레스 따위의 근력 운동도 빠짐없이 하고 있다. 그런 탓에 이제는 제법 상반신에 근육이 잡혀지는데, 그렇게 근력 운동에 심취를 하다 보니 체육관에 생각보다 운동 기기가 없음을 깨닫게 된다.

그래서 그는 손수 자비를 들여서 런닝머신 3대와 케틀벨 2 대, 펌프 바디 1대, 벨트 마사지기 1대를 구입해 주었다.

당연히 관장 이하 트레이너의 눈이 휘둥그래질 수밖에 없었으리라. 이는 곧 현수에 대한 신뢰가 한층 높아지는 역할을 했다.

"…마지막까지 안 판다고 버티던 주주를 만나 겨우 설득해서 1주당 37위안에 총 134,000주 전량 인수 받았습니다."

최창섭은 꽤 지쳤지만 자신이 맡은 업무를 무사히 끝냈다는 쾌감에 들뜬 표정이었다.

현수는 차분한 어조로 말했다.

"그 동안 고생 많았네요. 그럼, 정리를 하면 중국에서 3명의 개인 주주로부터 처음에 32위안에 65,000주, 저번 달에 27위안에 96,000주, 어제 지분을 넘긴 37위안에 134,000주… 이렇게 되는 게 맞나요?"

"네. CMK 무역을 통해 보내주신 자금 대부분이 여기에 들어갔습니다."

"그래요. 창섭씨, 수고하셨어요."

그는 지난 3 달 동안 최창섭과 연락을 긴밀하게 유지하면서 5회에 걸쳐서 8억에 달하는 자금을 환전상을 통해 보냈다.

이 자금을 바탕으로 최창섭은 1주당 평균 매입단가 33.5위안에 총 295,000주를 소유할 수 있게 되었다. 이 숫자는 예원상성의 전체 발행 주식 수로 대비할 때 5.04%의 지분율로서 적은 수치가 아니었다.

최창섭의 공로는 확실히 적지 않았다.

그는 주주 명부를 가지고, 예원상성의 개인 투자자 대부분을 방문하여 의향을 물었던 것이다.

이런 적극적인 행동은 확실히 유선상으로 통화를 할 때와는 큰 차이점을 드러냈다. 직접 눈을 마주치고 대화를 할 경우에는 단칼에 거절을 하던 상대도 적어도 한번쯤은 찾아 온 성의를 고려해서 예의상 이야기는 들어줬던 것이다.

어째서 일반 회사에서 영업 사원에게 누누이 하는 말이 별 일이 없어도 거래처에 자주 방문하라고 하는 지 알 수 있는 대목이었다.

이제는 기다릴 일만 남았다.

정말 과거의 그 말이 사실이라면 그는 돈벼락을 뒤집어 쓰게 될 것이다.

AMC 엔터는 정신없이 바쁘게 돌아갔다.

슬램덩크 3권이 출간이 되었고, 인기는 하늘 높은 줄 모르고 치솟으면서 초판만 다시 30만부를 찍는 기염을 토해 냈던 것이다.

꾸준히 들어오던 작사 작곡료는 이제 하강 곡선을 그리면서 이번 정산액은 미미한 편이었다.

회사에서 중국 쪽으로 인출된 8억이라는 현금은 의례 가족 경영 중소기업들이 그러하듯이 본부장 대여금 명목의 계정으로 중국으로 몰래 유출되었다.

아직 작은 기업이라 이런 재무 회계 쪽은 큰 비리가 아니면 괜찮았지만, 점차 사이즈가 커지고 외부 감사를 받을 정도가 되면 회사 자금과 개인 자금은 확실히 구분할 필요성도 느꼈다.

그래도 회사는 안정적이었다. 8억이 빠져나간 대신에 슬램덩크 3권과 기타 수입으로 여전히 10억 가까이 잔고가 남아 있었다.

노래방 체인 사업부는 최 전무의 진두지휘 하에 움직였다. 그들은 최근 안테나 샵 개념으로 압구정동 로데오 거리에 AMC의 직영 1호점을 오픈하기 위해서 정신이 없었다.

노래방 체인 사업팀은 4층의 사무실이 비좁은 관계로 얼마 전 3층으로 내려와 전체를 사용하기 시작했다.

이번에 새로 뽑은 베테랑 경력자 백현호 차장은 정현수 본부장 앞에서 그 동안 조사한 자료를 보고 하는 중이었다.

"…그런 관계로 전체 60평으로 계산시, 인테리어 비용과 각종 음향 시설 및 냉난방, 8개 룸에 디지털 반주 시스템까지 다 넣을 경우 간판을 제외하고 대략 평당 2백 2십만원 정도 떨어집니다."

"평당 2백 2십 만원이라는 단가가 이윤 하나 없는 순수한 저희의 원가 포지션입니까?"

"네. 이번 건은 저희 가맹 사업을 위한 안테나 샵 개념인 관계로 이윤 없이 가격을 계산한 것이고, 나중에 창업주와 면담을 할 때는 여기에 일정 액수의 단가를 UP 시킬 계획입니다."

"좋아요. 그럼? 임대 보증금은 얼마인가요?"

백현호 차장은 보고서를 보면서 자료를 읽어 나갔다.

"임대를 얻는 쪽이 한창 뜨는 압구정동 로데오 거리의 A 급 입지라서 3층이라 해도 60평에 임대 보증금 1억, 그리고 현재 임차인이 권리금으로 5천 만원을 요구하는 상황입니다."

"음, 권리금이라?"

"안테나 샵은 무조건 장사가 잘 되는 곳이어야 합니다. 비록 초기 투자비용이 높더라도 가맹을 희망하는 점주들은 실제 장사가 되는 현장의 수익률을 기준으로 판단하기 때문이죠."

현수는 호방한 어투로 말을 끊었다.

"뭐, 좋습니다. 권리금까지 포함해서 전체 자금이 얼마 필요하나요?"

"간판 및 초기 예비비까지 포함시킨다면 2억 9천이 필요합니다."

"압구정 1호점은 그렇다치고, 종로 2호점은 얼마죠?"

"종로 2호점은 여기보다 임차 보증금이 더 비싸서 3억 5천이 필요합니다. 대신에 이면 도로 뒤편의 신축 건물이라 권리금은 없습니다."

순간 정현수는 피식 웃었다. 만약 2014년에 압구정 로데오 거리와 종로에 지금과 비슷한 규모의 가게를 차린다면 과연 얼마나 자금이 들까?

10억? 20억? 적지 않은 자금이 필요할 것이다.

가끔씩 지금이 1992년도라는 사실을 까먹을 때마다 이렇게 누군가 일깨워주니 흥미로운 일이리라.

그는 약간 지겹다는 듯이 반문했다.

"앞으로 안테나 샵은 몇 개까지 오픈할 생각입니까?"

"가맹점이 모집되는 상황을 지켜보고 진행해야 하지 않을까 생각합니다. 그래도 적어도 전국 각지의 요지에 30-40개는 오픈시켜야 가맹점 모집이 수월하게 되지 않을까요?"

"좋습니다. 노래방 직영점 1호, 2호 오픈 비용으로 6억 4천 만원을 내줄테니 한번 멋지게 만들어 보세요."

"네."

트윙클 Twinkle 은 '반짝이다' 라는 영문 명칭을 가진 그룹이었다. 하지만 실제 지금 스타일은 전혀 화려하지 않았다. 단지 남성의 마음을 자극할만한 단정한 베이지색의 여자 교복과 허벅지 라인이 다 비치는 짧은 미니스커트만이 상쾌한 느낌을 줄 뿐이다.

나혜수는 문득 목덜미에 땀방울이 맺히는 것을 깨달았다. 며칠 전 본부장이 직원을 모아놓고 던진 한마디가 기억났다.

- 어때? 여자 교복 입고 힙합 노래를 부르면 히트 칠 것 같지 않아?

- 음, 그것도 괜찮네요. 화제성에서도 좋을 것 같고.

- 특히나 나혜수가 왠지 들뜬 표정인데? 혹시 좋아하는 건가? 오케이! 트윙클 이번 첫방은 그렇게 진행시켜!

이른바, 대중의 예상을 깨는 언밸런스(un valance)로 가는 독특한 컨셉이란다. 한숨이 절로 나왔다.

미친 짓이야. 이 꼴로 어떻게…? 멤버들의 낯빛은 그 당시 하나같이 창백해졌었다.

어쩌면 당연했다. 여자의 심리는 여자가 가장 잘 아는 법이다.

여자들은 남자에게 동경하는 존재로 남기를 원할 뿐, 눈요기감이 되기를 원하지 않는다. 첫 무대였기에 보다 멋지고, 섹시한 복장을 그녀들은 원했다. 교복 따위의 전형적인 남성 취향의 페티쉬즘에 열광할 이유 따위는 그 어디에도 없었던 것이다.

허나 그녀들에게는 거절할 권한이 없었다. 그렇게 첫 무대가 준비된 것이다.

정현수! 이 자식! 지난 번의 협박 아닌, 협박을 한 덕분일까? 다른 이는 몰라도 나혜수는 대충 짐작이 된다.

그 교복과 이 교복은 어떤 의미에서는 동일했던 탓이다.

그래. 인정하자. 그는 강자였고 그녀는 약자다.

강자가 까라면 까는 것이지 뭐 어쩌겠는가!

나혜수는 시선을 흘기며 방송국 세트장에 집중시켰다. MBC 쇼! 점프! 점프! 의 신곡 소개 코너가 꿈에 그리던 그녀의 데뷔 무대였다.

A.D는 잠을 많이 못 잤는지 충혈 된 눈으로 이리저리 지시를 내리는 중이다.

"빨리! 움직여! 시간이 별로 없어."

"네."

"어이! 거기 신인 그룹? 준비 다 된 거 맞아?"

"죄송합니다. 5분만 더 주십쇼."

"알았어. 딱 5분 더 줄 테니 싸인 하면 바로 시작해. 그다음! 트윙클? 트윙클 맞지? 준비 똑바로 해."

"네! 선생님!"

병아리들의 재잘거리는 합창소리와 함께 꿈에 그리던 방송국 데뷔가 시작된다.

혜수는 눈을 질끈 감고는 스스로를 다독였다.

무대 뒤에서는 리더인 아름 언니가 멤버들에게 모이라고 지시를 하더니 서로의 손을 가지런히 겹쳤다.

"자! 기죽지 말고 열심히!"

"응. 그래. 떨지 말고!"

"아자! 화이팅!"

"오케이! 화이팅!"

무대로 걸음을 떼자, 형형색색의 조명이 그 4명을 향해 초점을 맞추며 쏘았다. PD의 스탠바이 신호가 떨어졌고, 순서에 맞춰서 안무 동작에 들어갔다.

혜수는 무릎을 턴 동작으로 굽히면서 팔을 15도 사선으로 흔들었다. 그래. 첫 데뷔다.

허나 그도 잠시! 수 백 번 연습했던 스텝의 첫 번째 파트가 떠오르지 않았다.

머리가 하얗게 변했다. 본능적으로 어설프게 손동작을 하면서 파트를 맞췄다. 다행히 통일된 안무가 아니라 아직까지는 그녀가 틀렸음을 아는 이가 없었다.

속으로 외마디 비명을 질렀다.

정신 차려! 제발! 제발!

긴장으로 인해 몸이 경직되었던 탓이다. 여유롭게, 그리고 프리하게, 당당한 연출이 안무의 컨셉 아닌가.

I don't care는 세련된 비트와 호소력 있는 랩, 파워풀하면서도 다양한 변주가 섞인 멜로디가 잘 mix된 곡이라 할 수 있다.

무대 앞의 담당 PD가 시야에 잡혔다. PD는 갑자기 하품을 하며 '그럼 그렇지. 너희 따위가 연예인이 될 수 있냐' 는 듯 한심한 기색이 역력하다.

그녀는 혀를 살짝 깨물어야 했다. 자신감을 불어 넣기 위함이다. 잘 할 수 있어. 편하게 하자.

호흡을 가다듬는다. 패러글라이딩으로 신체를 산들 바람에 맡기며 부유하던 그 때의 기억처럼 사지에 힘을 천천히 뺐다.

그 때문일까. 마치 워드 타자기처럼 떨어대던 지독한 심장의 떨림이 곧 사라졌다.

이 첫 무대를 위해서 얼마나 노력했던가?

손에 힘을 꽉 주었다. 노력의 대가를 찾고 싶었던 것이다.

여자 아이의 발가락에는 툭하면 물집이 잡혔고, 무릎 관절은 언제나 아팠다. 성대는 고된 훈련으로 찢어질 정도로 고통스러웠던 적이 한 두 번이 아니다.

100조를 향해서
NEO MODERN FANTASY & ADVENTURE
Part 6-4. 황금의 탑

음악이 흐르고 MR에 그녀들은 본격적으로 리듬을 탔다. 수현이 특유의 보이시한 목소리를 내뱉으면서 Rap에 들어갔다.

hey playboy
it's about time
and your time's up
I had to do this one
for my girls you know
sometime you gotta
act like you don't care

that's the only way

you boys learn

관중석을 정면으로 응시한다. 어린 여학생들이 보였다. 그 학생들은 저마다 자신들이 좋아하는 가수를 응원하기 위해 나온 팬클럽이다.

이제 갓 데뷔하는 신인 걸그룹을 위한 자리는 어디에도 없었다. 아이들은 눈도 마주치지 않았다. 환호도, 비웃음도 존재하지 않는다. 그들은 저마다 귓속말로 잡담을 하며 지루해 하는 표정을 드러낼 따름이다.

그럼에도 지수는 무아지경에 빠진 것처럼 이런 관객의 침묵은 전혀 아랑곳하지 않았다. 그녀는 노래에 맞춰 흥얼거리면서 관객을 향해 방방 뛰기 시작했다.

지수에게 저런 면이 있었나?

평소 내성적인 지수가 숨겨왔던 뜨거운 열정을 마치 로켓처럼 폭발시키는 장엄한 광경이다. 어느새 아름 언니가 부른 두 번째 파트도 이제 거의 끝이 나는 중이었다.

그저 친구라는 수많은 여자친구

날 똑같이 생각 하지마

I want let it bye

이제 니 맘대로해

난 미련은 버릴래

한땐 정말 사랑했는데 oh

가끔씩 술에 취해 전화를 걸어

지금은 새벽 다섯시 반

넌 또 다른 여자의 이름을 불러~

그 다음이다. 혜수가 맡은 곳은 가장 고음을 내지르는 파트였고 노래의 핵심이었다.

바싹 마른 침을 삼키며 머리칼을 뒤로 넘겼다.

지수나 수현, 아름 언니까지 모두 그 순간 노래에 미쳐 있었다. 그것은 순수한 열정이리라.

P.D의 평가? 관객의 외면? 방송의 울렁증?

아니다. 중요한 것은 그딴 외면적인 것이 아니었다.

그냥 보여주면 되는 것이다. 그저 즐기면 되는 것이다. 아주 단순한 깨달음이다.

혜수는 목청을 높였다. 영혼을 담아 노래를 시작했다.

I don' t care 그만 할래

니가 어디에서 뭘 하던

이제 정말 상관 안할게

비켜줄래

이제와 울고불고 매달리지 마

cause I don' t 에에에에에

I don' t care 에에에에에

Boy I don' t care

혜수의 목소리는 방송국 홀 전체를 압도적인 기세로 감싸며 휘감고 있었다.

상쾌한 리듬의 조화 속에 피어난 한 떨기 장미와 닮아 있었다. 그것의 정체는 눈부신 찬란함이다.

멜로디의 감수성을 잊지 않으면서도 뛰어난 그루브의 이펙트 효과가 대중에게 확실하게 각인 된 것이다.

하품을 하기 바쁘던 담당 PD는 이 퍼포먼스에 활기를 찾았고, 무표정하던 어린 관객들은 하나 둘씩 박수를 치며 화답했다.

음악의 힘이란 이토록 대단한 것일까?

복도 뒤에서 데뷔 무대를 지켜보던 이영재 과장과 이미나 대리의 얼굴에는 웃음꽃이 떠나지 않았다.

"수고하셨어요. 과장님."

"수고는 이 대리가 더 많이 했지. 내가 한 게 뭐 있다고."

"어때요? 승산이 있어 보이나요?"

"후후, 노래가 너무 좋은데? 확실히 본부장은 천재적이야."

"에이 겨우 노래뿐인가요? 난 우리 애들이 대견 하던데요? 데뷔 무대에서 저렇게 자연스럽게 노래하는 애들은 본 적이 없네요."

이미나 대리는 그 순간 고개를 돌리고야 만다.

노래가 끝난 트윙클이 무대에서 인사를 하는 모습을 보면 울음이 와락 나올 것 같았기 때문이다.

아직 매니저가 정해지지 않아서 임시로 매니저 노릇을 하던 이미나는 PD가 보자는 소리에 한걸음에 달려갔다.

"느낌이 좋아. 특히나 교복 컨셉 말이야. 요즘 애들 같지 않게 깨끗하고 청순해 보이더군."

"고맙습니다. 앞으로 많이 도와주세요."

"내가 무슨 힘이 있다고… 애들 비주얼도 좋고 곡도 멋지고 간만에 대형 그룹 하나 나올 것 같은 예감이야. 이 대리라고 했나? 나중에 잘 나가도 모른 척하기 없기야?"

"그럼요. 애들 첫 방을 여기서 했는데 그럴 리가요."

"하하. 그런가? 교복에 힙합이라… 꽤 참신한데?"

PD는 카메라의 작은 모니터를 확인하면서 꽤 흡족한 표정을 짓는 중이다.

시간은 빠르게 지나갔다. 올해 2월에 AMC 엔터의 4인조 보이그룹 이너 서클 inner circle이 첫 데뷔를 했다. 예전 서태지의 '난 알아요'와 빅뱅의 '마지막 인사'를 더블 타이틀로 선정하여 수록한 'Lights Go On Again 1th' 앨범은 가요계에 돌풍을 일으키며 폭발적인 인기를 얻기 시작한다.

그 후, 4월에 AMC 엔터테인먼트는 예상을 깨고 4인조 걸그룹 트윙클 Twinkle을 출격시켰다.

그런데 놀라운 점은 청순한 교복 컨셉을 지향하는 것과는 달리 이들이 힙합 계열의 파격적인 노래를 들고 나왔다는 점이다.

노래는 바로 과거 2ne1 이 불러서 대히트를 친 'I don't care'와 포미닛의 'Heart to Heart'라 할 수 있다. 이 두 곡도 더블 타이틀곡으로 'The Name is Twinkle 1th' 앨범에 수록되어 남성층으로부터 절대적인 지지를 받게 된다. 이 두 그룹은 지금까지 각각 8십 만장과 5십 만장을 파는 저력을 발휘하면서 가요계의 태풍의 눈이 되고 있었다.

특히나, 더블 비트(Double Beat)의 잘못된 만남, 회상, 내사람과 빅 보이즈(Big Boys)의 거짓말, 여름이야기, 그리고 이너 서클에 이어서 트윙클까지 이 모든 히트곡이 사실은 한 작곡 팀에 의해서 만들어졌다는 소식에 대한민국의 내놓으라 하는 음반사와 기획사들은 블루툰이 누구인지 탐문하기 시작했다.

대한민국 가요 역사상 이토록 짧은 시일 내에 이렇게 많은 대박 곡을 터트린 경우는 전무후무했던 탓이었다.

덕분에 작곡비가 얼마가 들더라도 블루툰에게 곡을 받으라고 특명이 떨어졌음에도 정확한 소재지를 파악하지 못해서 금방 흐지부지되고 만다.

1992년 5월에 접어들자 현수는 중국 상해로 출장 겸 여행 삼아 장기 체류를 하고 있었다.

상하이 푸동 지구에 위치한 샹그리라 호텔은 초특급 시설을 자랑하는 곳이다. 화려한 부대시설과 수준 높은 서비스로 외국인들에게 특히나 인기가 높은 편이다.

그는 사우나에서 휴식을 취하는 중이다.

42도가 넘는 뜨거운 온수욕은 확실히 피로에 젖은 온몸을 정화시키는 데 최고라 할 수 있다.

가운을 입고 뒤로 젖혀지는 의자에 누워서 그는 발안마를 받았다. 비록 20년이 훨씬 넘은 먼 과거로 회귀를 했지만 불행하게도 2014년의 불행했던 한국과 달리 지금 이 세계에서 대접이 더 안락하고 풍요로웠다.

모두 돈의 힘이다.

그는 그것을 굳이 부정할 생각이 없었다.

시계를 확인하더니 정갈하게 샤워를 한 후, 호텔 로비의 카페로 천천히 걸어갔다.

저 멀리서 최창섭이 가볍게 먼저 인사를 건넨다. 확실히 믿음이 가는 인물이다. 상대가 나이가 어리다고 쉽게 깔보지 않았고, 은혜에 대해서는 보답을 하는 그 모습이 전형적인 호인의 相이 아닐 수 없다.

"하하. 거래소의 객장에 나와 보시지 그랬습니까?"

"아닙니다. 이게 더 편해요. 괜히 시세를 확인하면 머리만 아플 뿐입니다."

"오늘 종가가 드디어 383위안이 된 것은 아십니까?"

"그런가요? 휴우 많이 올랐군요."

"일일 차트를 보면 알겠지만 최고가가 450위안을 한 때 돌파한 적이 있습니다."

현수는 뜨거운 블랙커피를 천천히 음미하면서 입을 뗐다.

"해당 종목의 변동 폭이 무제한이니 언제 떨어질지 몰라서 솔직히 돈을 벌어도 번 것 같지가 않네요."

"그래도 한번 나와 보세요. 객장에 얼마나 사람이 많은지…. 모두들 현찰을 산더미 같이 들고 와서 주식을 사는데 장난이 아니더군요."

"……"

그는 잠시 침묵을 지켰다.

인터넷은커녕 증권사조차 없는 이제 갓 자본주의를 받아들인 중국이다. 안 봐도 뻔 할 것이다. 상장된 종목은 몇 개 없고 수요는 그야 말로 폭발적이었다. 그 원인으로는 최근 중국의 1인자인 등소평이 '南巡讲话' 라는 유명한 명언에서 영향을 크게 받았다 할 수 있다.

얼마 전 등소평은 남방 지역 일대를 시찰하면서 개혁 개방의 가장 중요한 거점으로 상해시를 꼽았고, 그 중 상해 증권 거래소가 향후 국가 발전의 주춧돌이 되게 만들라는 지시로부터 기인했다.

이를 뉴스로 접한 13억 중국인들은 집에 꼬깃꼬깃 쌓아놓은 현금을 가지고 상해 주식 시장에 투자하기 시작하게 된다. 신규로 유입되는 자금량은 날이 가면 갈수록 폭증했다. 나라 전체가 들썩이니 가히 그 규모는 짐작이 안 갈 정도다.

예원상성은 모두의 예상을 깨고 1주당 80위안이라는 높은 가격으로 1992년 5월 21일 시장에 상장이 되었다. 그럼에도 5백 만주에 불과한 적은 공급량은 - 그 중 35% 이상은 대주주 지분이라 유통이 안 된다 - 주가를 폭등에 폭등을 만드는 기현상을 만들고 있었다.

5월 21일! 드디어 오늘이 첫 거래 날이다. 그들이 보유한 주식의 평균 단가는 33.5위안이다.

허나 주식은 오늘 하루 만에 10배 이상 치솟았다.

믿을 수 없는 사건이었지만 엄연한 현실이었다. 현재 그가 보유한 전체 주식 수는 29만 5천주로서 미국 달러로 환산하면 대충 잡아도 천만 달러가 넘어가는 막대한 금액이다.

아무리 강심장을 가졌다 해도 흥분하지 않는 게 더 이상하지 않을까. 그가 이럴 정도니 창섭은 오죽하겠는가?

진정이 쉽게 안 된 듯 창섭은 줄담배를 태워가며 현수를 설득했다.

"4백 위안 정도 되면 파는 게 어떤가요? 오늘 하루 종일 심장이 떨려서 죽는 줄 알았어요."

"겨우 이 정도 먹으려고 중국 땅까지 오지 않았습니다. 이제 시작이에요."

"설마? 더 먹을 구간이 있다는 뜻인가요?"

"빙산의 일각이라는 말 아시죠?"

"휴우, 믿기 어렵지만, 그래도 믿어 보도록 하죠. 어차피 제 돈도 아닌데…."

"원가를 제외하고 이익금의 25%를 배분한다는 약속 잊으셨습니까?"

최창섭은 침을 꿀꺽 삼키며 모호한 눈빛을 드러냈다. 그도 인간인 이상에는 이 말에 욕심을 느끼지 않을 리 없었다.

"아무튼 내가 전생에 은덕을 많이 쌓았는지 현수씨 같

은 귀인도 만나고…. 그래요. 어디 갈 때까지 한번 가보죠."

"그럼요. 좋은 결과가 있을 겁니다."

"부디 그러기를 바랍니다."

혹자는 최창섭에게 25%나 이익금을 배분 한다고 불만 어린 시선으로 바라볼 수도 있을 것이다. 허나 이 수치도 사실 며칠을 고민 끝에 내린 결정의 하나였다.

황금은 죽은 사람도 살린다는 속담이 있다.

아무리 최창섭을 회귀 전부터 잘 안다 해도, 이번 건은 금액이 커도 너무 컸다. 또한 그들이 밟고 있는 땅은 중국 땅이다.

막말로 배신을 한다면 공증 받은 서류 따위는 공염불이 될 가능성도 아예 배제를 못한다.

설령 돈을 찾을 수 있다 쳐도 결국 소송으로 이어져서 법정까지 가야 하는 데 시간이나 비용 등 장애물이 한 둘이 아니다.

회귀 전 삼성의 회장 이건희 명언 중 가장 기억에 남는 단어가 '인센티브 제도란 인간이 만들어 낸 시스템 중에서 가장 놀라운 것' 이라는 말이다.

인센티브는 인간이 자발적으로 동기 부여를 가장 확실하게 할 수 있는 모티브 역할을 한다는 뜻이다.

10% 는 적은 감이 있다. 15-20% 는 얼핏 보면 적당해

보이나, 나머지 80-85% 의 파이가 상대적으로 월등히 크다는 단점이 존재한다.

이 경우 리스크가 발생할 여지가 미약하다 해도 어느 정도 존재하는 것은 사실이다.

인센티브 25% 는 나머지 파이인 75% 의 1/3 수준에 불과하지만, 그 자체로 적지 않은 보상 금액이다.

또한 75% 까지 차지하기 위해 범죄까지 감수하기에는 오히려 쫄딱 인생을 말아먹는 확률까지 계산하면 인간이 탐욕의 늪에 빠지지 않는 딱 적절한 수준이라 할 수 있다.

그 다음 날 예원상성의 주가는 시초가부터 확 빠지면서 시작했다. 그러자 그 때까지 기회를 보던 매도 물량들이 일제히 쏟아졌다. 주가는 크게 출렁이며 383위안 시초가에서 무려 24%나 폭락하다가 291.61위안까지 저점을 찍었다.

주가는 소폭의 반등과 하락을 끊임없이 반복하면서 지지대를 형성했다. 허나 오후 장에 들어서자 점점 상승 추세로 전환을 하면서 다시 상승 구간으로 돌아섰다.

마지막 장이 끝날 무렵에는 짧은 양봉이 나오면서 결국 종가는 401.25위안으로 마감을 한다.

“시진핑은 1953년 6월생으로 중국 최고의 명문인 칭화 대학교 인문 사회과학원 마르크스 이념과 정치교육학을 전공한 엘리트입니다. 그리고 1985년도부터 1988년까지 복건성 하문시의 부시장을 지냈죠. 불과 2년 전에는 복건성 영덕시의 시장을 역임했으며 현재는 복건성 복주시 서기에 인민대표 상무위원회의 주임이기도 합니다."

최장섭은 상해시 장영구의 공안국 조사부에서 퇴직한 고위 공직자에게 일정 대가를 주고 포섭해서 전국 고위 정치인의 프로필을 넘겨받았다. 그 중 현수가 원하는 시진핑이라는 인물에 대해서 설명을 하고 있었다.

현수는 궁금하다는 듯 물었다.

"수고 많았어요. 공산주의 국가라면서 어떻게 그리 쉽게 정치인 리스트를 알 수 있는 지, 참…. "

"돈의 힘이죠. 중국에서는 고위 정치인과 인맥이 있거나 혹은 돈만 많으면 사람을 죽여도 법정에서 무죄를 받는 나라입니다. 이런 건 정말 아무 것도 아니에요."

"정말입니까?"

"네. 예전에 중국의 시골 어느 지역에서 여자가 길을 가다가 오토바이 때문에 흙탕물이 튀어서 옷이 더럽혀진 사건이 있었습니다. …어쨌든 청년은 여자가 욕을 하자 같이 맞받아쳤고 일은 거기서 끝나는 것 같았습니다."

"흠!"

"그런데 마침 당한 여자가 해당 지역 법원의 하급 관리로 있던 여자였습니다. 그 후 여자는 화가 치밀어서 경찰에 연락해서 그 놈을 잡아들이라고 하죠."

"아니? 어떻게 그게 가능하죠? 여자가 판사도 아닌데?"

"중국은 한국과 완전히 다른 나라입니다. 한국이야 삼권 분립이 되어 있지만, 여기는 정치인, 법원, 경찰 모두 한 통속이죠."

"……."

최창섭은 계속해서 말을 이었다.

"…아무튼 경찰은 바로 그 청년을 찾아 가서 몽둥이로 조져서 앉은뱅이를 만들고 재판 없이 즉결로 감옥에 쳐 넣게 됩니다. 그러다 최근 모 언론에서 떠들어서 무려 18년을 노동 교화소에서 감금되어 있다가 겨우 풀려났다고 하더군요."

"쯧! 18년이라. 기가 막히네요. 한국 같으면 상상도 못 하는 일인데…."

"여기는 가능합니다. 경찰의 권한이 워낙 막강해서 길 가는 행인도 아무 이유나 만들어서 노동 교화소로 최장 4년까지 보낼 수 있습니다. 그런데 더 골 때리는 게 4년이 지나도 담당자의 이동으로 집어 넣은 놈도 까먹고 10

년, 20년 이상 그렇게 장기간 썩는 경우도 비일비재합니다.”

Part 6-5. 황금의 탑

Part 6-5. 황금의 탑

"대단한 나라네요. 그건 그렇고 시진핑이 있다는 복주시는 대체 어떤 곳입니까?"

"중국 전체로 볼 때 상해나 홍콩처럼 발전한 곳은 아닙니다. 그렇다고 신강이나 사천처럼 변두리도 아니고… 이걸 어떻게 설명해야 할까? 그냥 평균치 정도 되는 지역이라 보면 되겠네요. 아마 복건성의 성도가 복주시일겁니다. 한국으로 치면 도청 소재지 정도가 되겠네요."

"그런가요? 복주시의 서기면 어떤 위치죠?"

"거의 1-2 인자일겁니다. 그런데 시진핑이라는 인물이 그렇게 중요한 사람입니까?"

최창섭은 다소 이해가 안 되는 표정으로 되물었다.

그도 그럴 것이 만약 고위 정치인과 인맥을 맺고 싶다면 북경이나 상하이 등 시진핑이라는 인물보다 영향력이 높은 정치인은 아마도 한 트럭 보다 더 많이 존재할 것이다.

굳이 특정 이름까지 들먹이면서 묻는다는 자체에 그로서는 당연히 기이함을 느낀 것이다.

물론 예원상성이라는 회사가 주식 상장을 하고, 지금과 같은 폭등을 예측할 정도의 정보력이라면 시진핑이라는 인물이 지금은 별 볼일 없어도 나중에 거물이 될지 또 누가 알겠는가?

그 사이에 현수는 양손으로 깍지를 끼고 이리저리 흔들면서 재차 질문을 던졌다.

"만약 직접 찾아가서 시진핑과 대면하는 것은 아무래도 무리일까요?"

"글쎄요? 전체 중국 정치인 서열로 보면, 복주시 시장은 저 시골 변두리의 보잘 것 없는 위치입니다. 허나 그 부분은 철저하게 정치적인 관점일 뿐이고, 저희 같은 일반인이 볼 때는 굉장히 높은 자리죠. 아무나 안 만나주는 것은 당연합니다."

"그럼 다른 방법은 없을까요?"

"뭐, 아예 불가능한 것은 아닙니다."

"뭐죠?"

“음, 예를 들면 투자면 가능할지도 모르겠네요. 투자 규모가 크면 아무래도 그쪽에서 관심을 가지지 않을까요?”

“네, 알겠습니다. 한번 나중에 고민해보죠.”

현수는 자리에서 허리를 펴면서 천천히 일어났다.

시진핑이 있는 곳에 투자라… 확실히 일리가 있는 말이다.

한국 같으면 정치인이 가장 신경을 쓰는 부분은 민심이나 여론일 것이다. 하지만 중국의 정치인이라면 자신의 업적이나 치적이 아닐까?

시진핑 정도의 정치인에게 뇌물은 오히려 독이 될 수도 있을 것이다. 복주시의 1인자라면 굳이 그가 아니더라도 뒷돈이 들어올 루트는 수없이 많을 것은 분명했다.

창섭의 말대로 이번에 예원상성 건이 순리대로 해결이 되면 복주시에 일부 자금을 투자 하는 방향도 검토를 해야 할 듯 보인다.

시진핑은 그만한 가치가 있는 인물이었다.

과거 시진핑이 한국을 방한했을 때 삼성, 현대, LG의 그 잘난 오너들이 사탕을 구걸하는 아이처럼 옹기종기 모여서 브리핑을 하는 장면이 떠올랐다.

어찌 보면 참 비굴한 장면이기도 하고, 또 다른 한편으로는 그만큼 권력의 대단함을 비추는 일화라 아니 할 수 없다.

그는 기억을 조심스럽게 더듬었다. 시진핑과 대면할 수 있다면, 훗날 그와 관련된 미래에 대한 정보를 건네줄 생각 때문이었다.

이는 세상 그 어떤 가치보다 더 중요한 것일지 모른다.

그러나 결정적으로 향후 중국에 어떤 큰 사건이 벌어지는 지 애석하게도 무딘 기억력이 뒷받침을 해주지 않았다. 그저 머리만 지끈거리고 아팠다.

예원상성의 주가는 자고 나면 올랐다.

6일째가 되자 주가는 마침내 1,000위안을 돌파한다. CCTV를 틀면 요즘 한창 열풍인 상하이 증권 거래소를 찾아가 주식이란 무엇인지, 어떻게 계좌를 만드는 지, 시세 확인 방법과 같은 기본적인 사항에 대해서 리포터가 친절하게 설명 중이었다. 여전히 중국어의 30% 수준밖에 이해는 못하지만, 앞 뒤 화면이나 분위기로 대충 유추해서 짐작은 가능했다.

그 다음 화면은 농촌의 어떤 부부가 이번에 주식을 사서 집 한 채 값을 벌었다며 마을 전체가 축제 분위기에 휩싸인 긍정적인 부분만 보도를 하고 있었다.

어디 그 뿐인가. 중국 최초의 주식회사라는 예원상성은 온통 화제를 몰고 다니면서 인민 일보와 같은 당 기관지의 경제면에 1면으로 기사가 뜰 정도였다.

11일째가 되자 주가는 1,280위안 수준에서 가파른 진폭을 보이며 출렁대기 시작했다.

주식 상장 후, 불과 6일 째 되는 날에 천 위안을 돌파했기에 언뜻 보기에 주가는 끝없이 오를 것만 같았다.

하지만 일단 천 위안을 넘기자 가격 저항선 때문인지 고비 때마다 매도 물량이 터지면서 전진, 후퇴를 지루할 정도로 끊임없이 반복했다.

최창섭은 가격이 많이 올랐다면서 보유 주식 중 일부를 매도하여 현금화 시키자고 며칠 째 설득 중이다.

그도 그럴 것이 지금 당장 주식을 매도하면, 한국 돈으로 300억에 가까운 현금이 수중에 떨어졌기 때문이었다. 돈의 위력이었다. 그 어떤 인간이라도 이 정도 규모의 황금 앞에서 냉정함을 유지하기란 어려웠다.

어떤 면에서는 창섭의 의견도 일리는 있어 보였다.

경험상 지금이 단기 고점이 될 가능성이 매우 높다는 의미다.

그는 예리한 시선으로 일봉 차트를 차분하게 확인했다.

장기적인 관점에서 주식을 볼 때 중요시 되는 부분은 기업의 본질적인 가치였다. 허나 지금과 같이 단기적인 시선에서 가장 신빙성이 있는 것은 차트라 할 수 있다.

차트는 주가의 과거 흔적이자, 미래의 방향성에 대한 지

표다. 현재는 1992년이다. 요즘처럼 컴퓨터에 차트가 일목요연하게 뜨는 시대가 아니었다. 그런 탓에 수기로 직접 그린 일봉 차트는 한 눈에 보아도 울퉁불퉁해서 보기 흉했다. 어쨌든 예원상성은 첫 상장일부터 지금까지 패턴을 보면 계단식 상승 추세로 보여졌다.

5일째 되는 날만 약한 음봉이 출현하였고, 나머지는 전부 양봉이다. 이 경우 주가는 더 날아갈 수 있지만, 반면에 이격도가 너무 벌어진다.

쉽게 말해 비정상적으로 폭등했다는 의미다.

이럴 경우 반드시 쉬어가는 구간이나 꺾이는 구간이 발생하는 것은 거의 필연이다. 그런 관계로 주식 경험상 최근 며칠 사이에 발생한 1,200위안 구간이 단기 최고점이 될 확률이 꽤 많다는 데 있었다.

현수는 심각하게 고민했다.

- 지금 파느냐?
- 아니면 그대로 Holding을 하고 가느냐?

주가는 끊임없이 오를 수가 없다.

지금이야 억만금을 번 것처럼 환호성을 외치지만, 어느 순간 차트가 확 꺾이고 그 후, 소폭 반등을 걸쳐서 지루한 지지선 공방으로 흐르는 패턴은 안 봐도 뻔했다.

지금까지 현수는 마치 정신 고행을 자처하는 미륵불처럼 호텔에서 꿈쩍도 하지 않았다. 그저 하는 일은 가벼운 산책과 몸을 담그는 사우나, 한가한 독서의 연속이다. 예측은 어려웠다.

– 과연 주가는 언제쯤 꺽일 것인가?

바로 그것이 키포인트였다.

그와 함께 그의 기억 속 대화처럼 주가가 천배 폭등하는 역사적인 현장을 직접 보고 싶다는 마음도 있었다.

10위안짜리 주식이 1천배 상승하려면 산술적으로 주가는 10,000위안까지 올라야 가능하다. 예원상성의 발행 주식 총수는 모두 5,850,000주로서, 1만 위안으로 환산할 경우 시총은 585억 위안이 된다.

현재 환율로 평가하면 대략 4.5조원 규모다.

순이익으로 계산시, 거품이 끼어도 많이 낀 주가라 할 수 있으나, 중국의 경제 규모와 희소성, 현 시장 분위기 등을 고려할 경우 아예 불가능한 금액도 아니다.

– 차라리 절호의 기회인가?

지금처럼 예측이 어려운 구간에서는 차라리 차트가 확

실하게 꺾이는 시점까지 모 아니면 도 방식으로 쥐고 가는 게 결과론적으로 더 나을지도 모른다.

지금이 정말로 상승 초입 구간이 맞을까?

만약 그렇다면 결과론적으로 조금의 이익에 눈이 어두워 포지션 정리를 급하게 하고 마는 초보들이 저지르는 전형적인 실수일 수도 있었다.

그렇게 그는 결정했다.

그래. 판단이 틀리더라도 가 보자.

혹시 착각한 것이라면? 지금이 아니라면? 상승하는 시점이 내년이라면?

더 기다리자. 베팅이다. 여기서 폭락해도 상관없다.

돈이 주는 유혹은 대단하다. 300억은 큰돈이 분명하다. 하지만 그가 추후 설계할 미래로 보면 한없이 작은 금액이기도 하다.

확실히 긴장했나 보다. 인생을 두 번 사는 그의 손등에 어느덧 땀방울이 가득 맺혀 있었다.

신종우는 인테리어 공사 현장을 둘러보는 중이다. 평면도처럼 벽 칸막이가 다 쳐져 있는 지, 페인트칠에 허술함은 없는 지, 전기 배선은 제대로 시공되었는지 꼼꼼히 살폈다.

신축 건물의 지하에 120평짜리 면적의 단란주점 시공이다. 최근 일거리가 없어서 연일 적자였는데 모처럼만에 큰 주문을 받게 된 신종우 사장으로서는 흐뭇할 수밖에 없으리라.

견적서처럼 정상적으로 공사가 완료되면 그 동안 자금이 부족해서 현장 일꾼들에게 미지급했던 페이도 전부 지급이 가능할 것이다.

'1년에 이런 공사가 3-4건만 있어도 얼마나 좋을까?'

최근 몇 년 동안 인테리어 업체가 우후죽순처럼 난립한 탓에 연일 적자의 연속이었다. 그나마 주문도 바닥재와 도배지 정도 수준의 돈이 안 되는 아파트 인테리어 공사뿐이라 날이 갈수록 매출은 줄어드는 형국이다.

물론 우려도 있었다.

단란주점 사장이 건달 느낌이 난다는 점과 초기 계약금 10% 외에는 중간에 정산받기로 약속한 잔금 지불이 늦어진다는 점이다. 그렇다 해도 지금처럼 벽 칸막이부터 마감까지 하는 대형 공사는 드문 편이라 애써 부정적인 면을 지워야 했다.

그는 미터자로 길이를 대보면서 대패질을 하는 정재동에게 다가가 웃으며 농담을 건넸다.

"어때? 요즘 재미 좋다며?"

"좋기는!"

"소문 듣기로는 안 그렇다던데?"

"그냥 그럭저럭 남한테 해 안 끼치고 살면 되는 거 아닌가?"

신종우는 재동에게 담배를 권하면서 시선을 홀겼다.

"그래도 일을 많이 해야지 놀면 쓰나?"

"인생 80년 해봐야 이제 살 날 얼마나 남았다고… 마누라가 툭하면 여행 가자고 졸라서 죽겠어."

"…여행? 어디 갔는데?"

"지난 달에는 제주도 다 돌아봤지. 한라산에 새벽에 올라갔다가 안개가 잔뜩 끼어서 죽는 줄 알았수다."

"그래? 근데 자네? 어디 부모 유산이라도 받았나?"

정재동은 무슨 뜻인지 알겠다는 듯이 미소를 지었다. 그는 MDF를 자르기 위해 구부정하게 굽혔던 허리를 펴면서 자랑 비슷하게 돌려 말했다.

"유산은 무슨… 최근에 아들놈이 주는 생활비로 생활하는 데 생각보다 금액이 커서 펑펑 써도 남더라고."

"얼마나 주는 데?"

"3백…."

"뭐? 3백 만원이라니? 3백이 애 이름인가? 대체 아들이 뭐하는 데 그리 많이 주는 거야?"

"사업한다니까."

"아무리 사업해도 그렇지 웬만큼 사업이 잘 되지 않으면 어찌 그만한 돈을 가욋돈으로 주겠나?"

"잘은 몰라도 요즘 잘 되나봐. 그 놈이 내 차도 바꿔줬어."

흥미롭게 이야기를 듣던 신종우 사장은 깜짝 놀라면서 반문했다. 아까 정재동이 끌고 온 차가 기억난 것이다.

"아? 오늘 끌고 온 그 콩코드?"

"그려."

"2천cc?"

"응."

"어쩐지 일거리를 줘도 바쁘다고 안 나오더니 그런 거였구먼. 아들이 사업해서 성공했으면 부모로서 당연히 키워준 대가는 받아야지. 그게 자식 된 도리 아니겠나. 내 자식 놈은 직장 취직할 나이인데도 부모 용돈이나 더 타려고 눈이 시뻘겋게 대드는데… 에휴 부럽네."

"부럽기는!"

정재동은 한편으로는 자식 자랑에 어깨가 으쓱거리면서도 부모로서 자식에게 제대로 해준 게 없다고 생각하자 순간 심란해졌다.

예전 같으면 생계 문제 때문에 신종우 같은 업자를 상대할 때 항상 조심스럽게 하는 위치였다.

허나, 이제는 그런 굴레에서 자유로워졌다고 느끼자 가슴에 품었던 말은 속 시원히 했다. 이 모두가 현수 때문이다.

그저 그런 아들만 보면 고마울 뿐이다. 사장은 진심으로 부러운 눈치로 말했다.

"어쨌든 축하하네. 그토록 힘들게 톱밥 먹어가며 자식 놈 키운 보람이 있나 보네."

"뭘… 부모로서 해 준 게 있어야 아들한테 떵떵거리지. 해 준 게 없는데… 어디 가서 그런 소리 함부로 하지 마쇼."

"그거나 이거나."

3주라는 시간이 흘러갔다. 이미 단란주점의 인테리어는 완공이 된 후다. 하지만, 신종우 사장은 의외의 문제를 만나 심한 절망에 빠져 있었다.

그의 낯빛은 이미 거무죽죽하게 변해 있었다.

그는 답답한지 연신 뒷짐을 진 채로 뱅뱅 돌면서 생각에 잠겨 있었다.

어떻게 해야 하지? 다시 찾아갈까? 휴우. 미치겠군.

재차 방문해서 단란 주점 사장에게 사정을 할까 생각했지만, 도저히 엄두가 안 났다.

그 정체는 두려움이었다. 공사비를 받지 못했다. 계약을 맺을 때, 초기 계약금 10% 만 준 것도 이상했고 중간에 자재를 구매하기 위해 40%를 주기로 한 약속을 끊임없이 미룰 때 진작 눈치 챘어야 했다.

놈들이 건달인지 조폭인지는 모른다. 허나 공사비용이 늦어지면서 재촉을 위해 사장을 면담하러 갔을 때 그는 그 자리에서 건장한 청년들에게 둘러싸여서 심한 폭행과 갖은 협박을 당하게 된다.

그와 함께 그는 받지도 않은 공사 잔금 전부를 받았다는 거짓 자서에 손가락 인장도 강제로 찍어야 했다.

조금이라도 주저하면 그 놈들은 인정사정 가리지 않고 때리고 또 때렸다.

명치에 주먹을 정통으로 맞아 본 사람은 알 것이다. 호흡이 끊기면서 창자가 끊어질 것만 같은 미칠 것 같은 극악의 고통을! 길게 버티고 자시고 할 용기도 없었고, 그런 깡패 무리와 대항할 생각도 없었다.

인간은 그만큼 나약한 존재였다.

단란주점 사장은 그의 옆구리를 구둣발로 짓이기면서 경고를 보냈었다.

– 한번만 더 찾아와서 공사비로 귀찮게 하면 양 다리를 잘라서 지하철에 구걸하는 장애인으로 만들어 버릴 테니 명심해! 좆나 짜증나네. 퉷!

그런 빌어먹을 무리에게 모욕을 당한 것쯤은 문제가 아니었다. 지금 중요한 것은 그 공사를 하느라 각종 업체에 지불해야 할 돈이 부족하다는 것이다.

천장, 칸막이, 도배, 마루, 전기, 목공, 잡일까지 한 두텀이 아니다. 그 때문에 집에 있는 모든 예금과 적금, 심지어는 보험에 마누라가 결혼할 때 받았던 예물, 보석까지 모두 팔았다.

그럼에도 돈은 모자랐다. 단란주점 공사를 맡겼던 하청업자들이 재촉을 하느라 근 며칠 간 잠도 못자고 제정신이 아니다. 간혹 신문을 보면 '생활고를 못 이겨 마포 대교 투신자살!' 과 같은 독특한 글귀가 눈에 띈다.

그 때만 해도 목숨을 끊을 용기로 이 세상에 못할 일은 없다는 것이 그의 가치관이었다. 허나 막상 자신이 그 입장이 되어 보니 조금은 알 것만 같다.

자살한 이들은 영원한 안식을 원했던 것이다. 그만큼 세상이 무서웠다. 그러던 그 때, 가게를 방문하는 이가 있었다.

문을 연 사람은 목수인 정재동이다. 신 사장은 씁쓸한 표정으로 팔짱을 낀 채 성질을 부렸다.

"…돈 없네. 돌아가게."

"신 사장! 차나 한 잔 주쇼."

"내 참, 지금 장난 치냐? 내 꼴을 보고도 그런 말이 나와? 대체 왜 이래? 돈 생기면 자네 것부터 챙겨 줄 테니 걱정 말고. 제길!"

정재동은 사무실의 간이 탁자에 엉덩이를 붙이더니 답답한 듯 말했다.

"그깟 몇 푼 되지도 않는 목공비 받으러 온 거 아니라네."

"그럼? 왜 온 건가?"

"어허! 차 한 잔 달라니까. 좋은 소식이 있어서 온 거 정말 모르겠나?"

"그 놈의 차는!"

신 사장은 이맛살을 찡그리더니 전기 주전자에 물을 끓여서 녹차를 대령했다. 정재동은 자신만만한 태도로 미소를 짓더니 드디어 본론을 꺼내기 시작했다.

"신 사장 자네? 만약에 한 달에 여러 개씩 가게 인테리어 해달라면 할 능력은 되겠나?"

"왜? 그럴만한 건은 있고?"

"아, 글쎄, 우리 아들이 말이야…."

정재동의 설명은 생각보다 길어졌다. 신 사장은 처음에는 대수롭지 않은 표정으로 이야기를 들었다.

허나 점점 더 흥분, 불신, 감탄으로 수많은 감정선이 파도 서핑을 타듯이 변화 되면서 고개를 끄덕이기 시작했다.

그것은 늪에 빠진 이에게 내밀어 준 작은 손이었다. 그 손은 그의 손을 잡으라면서 저 멀리서 손짓했다.

그들은 대화에 열중한 나머지 녹차 잎이 이미 걸쭉하게 변한 것도 깨닫지 못했다.

Part 7-1. AMC Group의 Start

Part 7-1. AMC Group의 Start

현수가 중국에서 한국으로 잠시 귀국한 날은 어제였다. 예원상성이 중국 상하이 거래소에 상장한지도 어느덧 18 일째가 훌쩍 넘어 6월에 접어 든 후다.

주가는 그 후로도 연일 뱀이 하늘 위로 또아리를 튼 모습처럼 꼿꼿이 세운 채 계속 상승하였다.

폭등의 기간 동안 몇 차례 대량의 매물이 나왔고 그 매물을 흡수하는 고된 산통의 과정까지 거쳤다. 그런 긴 인고의 터널을 뚫고 현재 주가는 2,300위안 부근에서 시세가 형성되어 있었다. 며칠 전 그는 아버지로부터 전화 한 통화를 받게 된다.

할머니의 제사 기일이 얼마 남지 않은 탓이다. 그에 더

해 아버지가 부탁을 한 개인적인 건 때문에 겸사겸사 한국으로 급히 귀국을 했다.

물론 중국에서 죽치고 있어도, 오히려 더 막막한 초조함만 느낄 것 같아서 며칠 동안 회피한 면도 있었다.

현재 주가는 2,300위안이다. 295,000주를 곱하면 대충 6억 7천만 위안이 넘었다. 미화로 대충 6천 7백만 달러다.

그 누가 살이 안 떨리겠는가. 1992년의 중국 증권 거래소에는 가격 제한 폭이 없었다. 이 뜻은 막말로 말해서 2,300 위안짜리 주식이 하루아침에 10위안이 될 수도 있다는 의미이기도 하다.

아무튼 그는 최창섭씨에게 하루에 한 차례만 주가를 전화로 보고하라는 지시를 내리고는 한국 사무실에 도착했다.

몇 가지 그동안 밀린 결재 서류에 싸인을 할 때, 인터폰으로 손님이 방문했다는 소식을 듣게 된다.

"손님 오셨습니다. 어떻게 할까요?"

"들어오시라 하세요."

몇 분 후, 50대 중반의 머리가 벗겨진 남자 한 명이 조심스럽게 문을 노크하고 들어왔다.

"아, 여기가? 정재동씨 아드님이 하시는…."

"이야기는 이미 아버님에게 들었습니다. 신 사장님이시죠? 먼저 앉으시죠."

"네, 네."

"잠시만 기다려 주세요. 업무 문제로 처리할 게 조금 남아서…."

"아! 그럼요."

겉으로는 정중히 인사를 했으나, 현수는 내심 짜증이 가득했다. 기가 막힌 노릇이었다. 세상에 이런 일도 있다니? 누군가 했더니 미성 인테리어 사장이었다. 회귀 전 아버지에게 일거리를 주었던 그 사람이다. 어찌 모르겠는가. 자신도 모르게 피식 헛웃음이 나왔다.

그때서야 비로소 아버지의 부탁이 이해가 된다. 아버지는 아마 보여주고 싶었는지 모른다. 지금 아들의 모습을.

자랑하고 싶었던 것일까. 약간은 얼떨떨한 느낌도 있다. 어쩐지 평소와 다르게 '사람이 찾아오면 어렵지 않으면 부탁을 들어 주라' 고 막무가내 요청을 하더라니.

대충 5분이 지났을까?

현수는 결재를 다 끝낸 후 털썩 자리에 앉았다. 기실 서류가 그리 급한 것은 아니라 나중에 처리해도 되었으나 회귀 전 신 사장이 아버지에게 했던 행동이 기억나자 소심하게 복수를 한 것이다.

현수는 넉넉한 미소를 지으며 말했다.

"뭐 마실 거라도 드릴까요?"

"아, 아뇨. 괜찮군요."

"그런데? 무슨 일로?"

"…정재동씨가 말 안 하던가요?"

"네. 그냥 아버님이 잘 아시는 분 찾아오신다고 만나보라고만 하시던데요?"

신 사장은 생각 외로 아들이 깐깐해 보여서 처음의 생각과 달리 약간의 답답함을 느껴야 했다. 하지만 누가 뭐라고 해도 부탁을 하는 쪽은 자신이었다. 그는 천천히 설명을 시작했다.

"듣자하니 이쪽에서 무슨 체인점 사업을 한다던데 그럴 경우 인테리어 하는 사람이 필요하지 않겠나?"

"혹시 인테리어 하십니까?"

"이런? 내 정신 좀 봐. 명함을 안 줬군. 자, 여기!"

"미성 인테리어라…."

"그렇다네. 경험은 많으니 걱정 안 해도 될 걸세."

현수는 약간 투박한 어조로 대뜸 반문했다.

"죄송하지만 그쪽 회사 직원 수가 얼마나 되죠?"

"나를 포함해서 경리 하나 있다네. 근데 그게 문제가 되는가?"

"저희 회사의 내년 말까지 계획은 최소 300개 이상의 가맹점 오픈이 목표입니다."

"흠, 굉장하군."

"이럴 경우 인테리어 업체를 2-3군데로 나눠서 물량을 배정해 줘도 그 쪽에서 과연 한 달에 5-6개 가게 인테리어를 동시다발적으로 진행이 가능하겠습니까? 또한 그만한 자금이나 인력은 있나요?"

"그, 그게…."

신 사장은 정신이 없었다. 정재동이 자기 아들이 최근에 사업을 한창 확장 중이라서 협력업체 선정하는데 인테리어 회사가 필요할 거라면서 이미 잘 말해놨으니 가보라 해서 온 걸음이다. 그러면서도 내심 경시하는 마음이 있었지만 워낙에 자기 코가 석자라 1-2건의 주문서라도 받기 위해 왔다.

그런데 사무실 위치가 강남이란다. 거기다 건물은 그야말로 화려하기 그지없었다. 벽면은 대리석이요, 창은 세련된 커튼월에 호화 바닥재와 현관에는 인터폰과 안내 데스크까지 번듯하게 갖춰져 있었다. 비록 4층의 작은 건물이었으나, 내심 고급스런 분위기에 그만 압도당하고 만 것이다.

현수는 신 사장이 머뭇거리자 친절하게 부연 설명을 덧붙였다.

"단순히 아버님이 아는 분이라 해서 무조건 물량을 넘겨드릴 수는 없습니다. 적어도 한 달에 5건 이상 시공이 가능한 곳이어야 저희 협력업체로서 기본 조건이 됩니다."

"가능하오. 만약 그 정도 물량만 확실히 우리에게 밀어 준다면 직원도 몇 명 더 뽑고 내가 아는 라인을 다 동원하면 맞출 수 있을 것 같군."

"그렇다 해도 일단 가격 경쟁력이 무엇보다 확보가 되어야 합니다."

"가격은 걱정 안 해도 될 거요. 내가 이래 뵈도 수 십 년 이상 이 계통에 있어서 하다못해 너트 하나까지도 어떤 회사 제품이 좋고 어디에서 구입하면 가장 저렴한지 루트는 꽉 잡고 있소."

"음… 조금 애매하네요. 그렇다고 아버님 부탁인데 무조건 안 된다고 할 수도 없고…."

나이가 있어서 눈치에는 도가 튼 신 사장은 황급하게 말을 끊고 개입했다.

"내가 정재동씨와 함께 일한 지 벌써 십 수 년이네. 난 말이지 살면서 자네 아버님처럼 성실한 분은 보지를 못했네. 허허, 부디 도와주게."

"알겠습니다. 그러면 이렇게 하시죠. 현재 백 차장이 노래방 프랜차이즈 사업 담당인데 제가 듣기로는 이미 그쪽에서 십 여 군데 인테리어 업체를 면접하고, 최종적으로 2곳을 선정한 것으로 알고 있습니다. 제가 아무리 여기 오너라 해도 인맥으로 미성 인테리어를 집어넣으면 직원도 불만이 있을 수가 있습니다. 그러니 이번 종로 2호점 인테리어 공사를 그 쪽에서 한번 맡아 보는 게 어떨까요?"

"허허, 나야 고맙지."

신 사장의 감사의 말에 정현수는 약간 화가 치밀었다.

그가 이렇게 투덜대는 이유는 예전 신 사장의 기억 때문이다. 회귀 전에 신 사장은 사업이 쫄딱 망하면서 아버지 돈을 떼어 먹고 도망쳤는데 그 때문에 한동안 아버지는 쓰린 속을 소주로 달래던 모습이 아직도 생생했다.

자신은 모르겠지만 신 사장은 아버지에게 꽤 갑질도 많이 했었다. 말이 현장 동료였지, 실제 목공 파트의 진행이 더디면 욕도 다반사로 먹었던 것으로 기억한다.

물론 명절이나 추석 때 꼬박 꼬박 선물을 사다주고, 신 사장이 일거리를 주지 않았다면 그 때는 집이 더 어려워졌을 테니 큰 불만이 있는 것은 아니다. 그런데 우습게도 지금은 입장이 철저하게 뒤바뀌어 있다.

지금 갑은 그였고, 을은 신 사장이다.

그는 과거의 기억을 곱씹으면서 약간은 의도적으로 건방을 떨어댔다.

"아직 제 말 안 끝났습니다! 잘 들으세요. 지금 압구정 1호점 인테리어와 신 사장님에게 맡길 종로 2호점 인테리어를 상호 비교해서 단가 대비 품질을 따진 후, 큰 문제가 없으면 향후 저희 회사 협력업체로 등록시켜 드리죠."

"그럼, 마음에 안 들면 안 될 수도 있다는 건가?"

"그렇습니다. 참고로 비록 제가 어르신과 이야기를 하지만 저는 AMC를 대표하는 입장입니다. 반말은 조금 거북스럽군요. 저에게 매너를 지켜주시기 바랍니다."

신 사장은 경직된 표정을 빠르게 감추더니 대뜸 얄밉게 미소를 드러내며 악수를 청했다.

"그러죠. 앞으로 열심히 할 테니 잘 부탁합니다."

"저희도 잘 부탁합니다."

원래 목적지보다 조금 먼저 택시에서 내린 현수는 미간을 잔뜩 찌푸리고는 대치동을 향해 걸어가기 시작했다.

사실 과거의 기억 때문에 선뜻 발걸음이 내키는 동네는 아니었다. 주위를 둘러본다. 은마 아파트 사거리에서 오른쪽으로 내려가자 대치역 사거리로 불리던 곳이 나타났다. 예전에는 그토록 번창한 이 길이 지금은 꽤 황량하기 그지없다.

더 남쪽으로 걷자 아파트가 보였고 큰 아버지가 거주하는 선경 아파트가 모습을 드러냈다.

벨을 누르자 이 집의 주인인 큰 어머니가 반갑게 그를 맞이했다.

"이게 얼마만이냐? 현수야? 어서 들어와. 어서!"

"네. 오랜만이네요."

집에는 아버지와 어머니, 큰 아버님 내외, 둘째 아버님

내외, 고모 둘, 그들의 자식까지 떠들썩하기 그지없다.

신발을 벗고 들어서자 큰 아버지 아들인 현우 형이 악수를 청하며 반갑게 맞이했다.

"현수 왔구나. 이리 와서 앉아라."

"아, 네."

거실로 들어서자 커다란 교자 테이블 2개를 이어서 붙인 채로 항렬에 맞춰서 남자들은 술을 마시고, 여자들은 부엌에서 전을 붙이거나 반찬 준비에 한창이다.

둘째 아버지는 뭐가 그리 마음에 안 드는 지 큰 아버지와 언쟁을 하고 있었다.

"거 참! 딸내미는 미국 유학을 보내면 안 된다니까 그러네. 요즘 TV 안 봤습니까? L.A나 이런 데 애들 외롭다고 남자들이 꼬셔서 동거하는 케이스가 절반이 넘는다고 하는 데 대체 어쩌려고 그러는 거요?"

"그래도 어쩌겠냐? 내 주위에 동창회나 이런 데 나가면 항상 하는 이야기가 자식새끼들 자랑 뿐이더라. 딸내미가 미국에 유학 가서 영어 배우고 싶다는 데 돈 있으면 뭐 할 거야? 그 돈 하늘나라 갈 때 짊어지고 갈까? 남들 다 유학 가는 데 적어도 부모로서 그 정도는 해줘야지. 안 그러냐?"

지현이는 뒤에서 TV를 보고 있다가 자기 이야기가 튀어나오자 언성을 높이면서 핀잔을 줬다.

"맞아요! 삼촌! 요즘 글로벌 시대 몰라요?"

"글로벌 시대는 무슨!"

"그게 아니라니까. 어디 가서 미국도 가본 적 없다고 하면 무슨 석기시대 유물 취급 받는다니까! 휴우, 삼촌! 완전 무식쟁이!"

"정말로 공부에 취미 있는 애들이면 미국 할아버지가 아니라 한국에서도 얼마든지 토익 만점 맞을 수 있지. 네 아버지가 너를 너무 오냐오냐 키운 것 같구나. 지현아."

"핏!"

큰 아버지는 그래도 딸이라고 그 말이 듣기 싫었는지 화제를 큰 고모에게로 돌렸다.

"너희는 요즘 어떠냐? 강서방은 은행 잘 다니고?"

"에휴, 맨날 죽으려고 해요. 암만 은행이면 뭐해요? 그래봤자 월급쟁이인데 위에서 실적 때문에 주는 스트레스도 장난이 아니고 요즘 차라리 퇴직 할까 고민 중이네요."

"허허, 주택은행이면 거의 공무원인데 그 좋은 자리를 뭐 하러 나와?"

"그래도 둘째 오빠는 사장이잖아?"

그러자 둘째 아버지가 나섰다.

"사장은 무슨! 매 번 돈 없어서 네 오빠한테 돈 빌리러 다니는 게 사장이냐?"

"요즘도 거래처인 건설회사에 미수금이 많은가 봐?"

둘째 아버지는 인상을 버럭 쓰며 손사래를 치더니 반발했다.

"빌어먹을! 건설사 놈들이 얼마나 양아치인지 아냐? 우리 같이 소규모 업체만 죽어나는 거지 뭐."

"그래도 오빠 아들 현인이는 고려대 다니니 좋지 뭐."

"너희 석준이는 어때? 올해 고 3 아닌가?"

큰 고모는 사과를 깎으면서 속상하다는 듯이 입을 삐죽 내밀었다.

"미치겠어. 중학교 다닐 때만 해도 전교 10 등 안에서 놀다가 고등학교 들어가서 질 안 좋은 애들하고 어울리느라 이제는 한양대나 중앙대가 목표가 되었쑤."

"그러니까 강동구에 있지 말고 강남으로 이사를 오라니까. 아무래도 그 쪽은 가정환경이 좀 안 좋은 집 애들이 많아서 석준이가 물들 수밖에 없지 않나?"

현수는 미미하게 인상을 찡그렸다.

예전이나 지금이나 이 집 분위기는 변함이 없었다. 미국 유학이 왜 필요한지, 사업은 잘 되는 지, 임대료는 잘 들어오는 지, 아들 대학교는 어디 다니는 지 따위다.

사실 근 10년 이상 아버지는 이들과 왕래를 하지 않았다. 아버지와 막내 고모는 큰아버지, 둘째아버지, 큰 고모와 달리 배다른 동생이었다.

또한 아버지에게는 돌아가신 할머니가 친어머니가 아니었다. 물론 그 이면에는 결정적으로 왕래를 끊은 원인은 그들과 현수네 집이 경제적으로 많은 차이가 있었기 때문이다.

그러다 최근 집안 살림이 확 피면서 아버지는 무슨 결심을 하셨는지 할머니 제사 때 방문을 한 것이다.

아버지는 현수에게 신신당부를 하면서 좋은 옷을 입고 그 쪽 집안에 우습게 보이지 않게 행동하기를 간절하게 원했다.

이른바 열등감이다. 예전에는 그들의 이런 행동과 손짓, 말투까지 막연한 거리감이 느껴졌었고, 심지어는 전형적인 악한 부유층으로 이미지를 형상화 시켰던 것으로 기억한다.

그런데 지금 쭉 이들의 대화를 지켜보니 꼭 그런 것만은 아닌가 보다. 그들은 그들의 기준과 관점에서 자신의 생활을 자연스럽게 표현한 것이 아닐까?

그런 여유로움 때문일까? 첫 걸음을 뗄 때의 막연한 애증보다는 한결 마음이 안정적으로 변하는 것을 느낀다.

이 때 큰 아버지가 호방하게 현수에게 말을 건넸다.

“이제 현수도 성인인데 술 한 잔 할래? 할 줄 알아?”

“네. 한 잔 주십쇼.”

“허허, 이제 현수도 다 컸구나. 그래. 자주 큰 집에도 들리고 교류도 많이 하자꾸나."

"그럼요. 한 잔 받으십쇼."

"그래, 그래. 근데 대학은? 대학은 갔냐? 아니면 …재수?"

생각 외로 질문하기가 껄끄러웠는지 슬쩍 말끝을 흐리는 큰 아버지였다. 그러자 구석에서 휴대용 렌지 위에 조기를 뒤집어 굽고 있던 어머니가 잽싸게 끼어들었다.

"사업하고 있어요. 현수 얼마 전에도 중국 출장 다녀오느라 정신이 없네요."

"아! 그래요? 허허, 그거 잘 되었네. 그래? 친구들하고 창업을 했나 보네. 하긴! 대학이 인생에 뭐 그리 중요할까."

큰 아버지는 대충 앞뒤 상황을 이해하겠다는 듯이 고개를 끄덕였다. 허나 더 이상 현수가 뭘 하는 지 묻지 않는 것으로 봐선 이들의 입장에서 별 것 아니라 생각한 모양이다. 어쩌면 당연했다. 이제 갓 고등학교를 졸업한 아이가 해봤자 뭘 하겠냐고 상상하는 것은 지극히 현실적이었다.

그리고 괜히 대학교도 못 간 셋째 아버지의 마음을 울적하게 만들기 싫었는지 모두 쥐죽은 듯 조용한 침묵이 싸하게 흘러간다. 이들 나름대로 배려를 한 것이었으나 아버지와 어머니로서는 난처한 기색이 역력했다.

둘째 아버지는 이제 제사 준비를 위해 저녁상을 천천히 치우면서 현수를 향해 격려했다.

"무슨 사업을 하는지 몰라도 열심히 해라. 그러면 지금은 힘들더라도 다 잘 될 거다."

"……."

"그리고 이런 것 사 입지 말고! 쯧! 뒤에서 손가락질 한다."

"네? 그게 무슨 뜻인지?"

"현수야. 아버지나 어머니나 젊었을 때 고생한 거 알지? 그래서 네가 보상 심리로 명품을 산지 몰라도 휴우, 아니다. 아무튼 어디 가서 기죽지 말고!"

"아, 네."

"이건 내 명함이다. 혹시 힘든 일 있으면 아무 때나 전화해라. 도와 줄 수 있으면 도와 줄 테니."

"고맙습니다."

가볍게 대답을 하면서 현수는 그때서야 둘째 아버지의 충고 아닌 충고의 의미를 직시할 수 있었다.

아마도 그의 손목에 찬 롤렉스(Rorex)시계와 조지오 알마니(Giorgio Armani)라벨이 붙은 정장 때문으로 짐작이 될 따름이다. 추측컨대 그들의 눈에 이것이 진짜 명품이라도 눈살이 찌푸려질 것이고, 만약 멋을 내기 위한 가짜라면 더 우습다 생각했으리라.

그럼에도 현수는 무어라 반박하기가 어려웠다.

그만큼 항렬과 배분이 주는 프레스 기계와 같은 압박감이 만만치 않았던 탓이다.

천천히 큰 아버지와 그 식구들을 보았다.

큰 아버지는 한보 그룹의 이사였다. 서울대를 졸업한 큰 아버지는 국내에서 손꼽히는 대기업에서 연일 승승장구하면서 연봉도 높았고 사회적인 위치도 대단했었다. 그 때만 해도 그 벽은 결코 넘지 못할 정도로 견고하고 대단했는데 지금 보니 아니었다.

훗날 IMF가 오면서 한보 그룹은 부도가 나고, 한보의 총수 정태수 회장은 청문회에 끌려나와 개망신을 당하게 된다. 그 여파는 큰아버지에게도 덮쳤는데 당시 한보의 이사 중 하나였던 큰 아버지는 계열사 연대 보증에 도장을 찍었다는 이유만으로 은행 채권단의 표적이 된다.

그 후폭풍은 실로 대단했던 것으로 기억한다.

한보 그룹이 망하자 은행권에서는 수천억의 대출금을 갚으라면서 큰 아버지의 아파트를 포함해서 모든 부동산에 압류를 넣었던 것이다.

소송은 패하고, 큰아버지 가족은 풍비박산이 난다. 그 때만 해도 잘난 척하는 것들은 다 망해야 한다면서 얄밉게 행동하던 이기적인 시절도 있었다. 그 이유도 웃겼다.

– 오빠 집에는 이런 햄 있어? 이거 미국 수입 스팸이야. 먹어봤어?

생전 처음 보는 스팸과 한심스런 꼬마 여자아이의 눈빛까지 아직도 잊혀 지지 않았다.

모든 것이 관점의 차이였다. 그 때는 그토록 눈꼴사나웠는데 지금 시선으로 직시하니 전혀 그렇지가 않았다.

나는 왜 이렇게 편협했던 것일까. 그저 미욱하게 씁쓸한 웃음만 번질 뿐이다.

Part 7-2. AMC Group의 Start

Part 7-2. AMC Group의 Start

제사는 몇 번의 절을 하는 예식으로 끝맺음을 했다. 그리고 시간이 많이 늦어짐을 깨닫자 삼삼오오 집을 떠났다.

둘째 아버지쪽과 막내 고모네는 자기 차를 가지고 먼저 갔고, 큰 고모와 현수네 집 식구가 아파트를 나왔다.

아버지가 뒤를 돌아 큰 고모를 보면서 말했다.

“매제는 오늘도 야근인가?”

“동창회라네요. 웬만하면 오늘 제사라고 오라니까 일부러 뺀 건지는 몰라도.”

“그럼? 택시 타고 가려고?”

“그래야죠.”

“그러지 말고 내 차 타고 가. 바래 다 줄게.”

"오빠? 차? 트럭 아니었어?"

"이번에 차 바꿨다. 콩코드로…."

"정말?"

큰 고모는 호들갑스럽게 아버지를 보더니 주차해 놓은 기아 콩코드를 슬쩍 훑어보았다.

"오빠도 이젠 살림 좀 폈나 보네. 근데 집은 그대로야?"

"응."

"에휴! 오빠도 애들도 크고 주위의 눈도 있는 데 차 살 돈 있으면 이사나 해요. 아무튼 차는 좋네."

"바래다 준다니까!"

"됐어요. 나 먼저 갈게요."

"거 참."

현민은 큰 고모의 마지막 말투가 마음에 안 든다는 듯이 차에 올라타더니 불만을 토하기 시작했다.

"암튼 저쪽 집안 식구들은 하나 같이 저러냐? 지네들이 잘나면 얼마나 잘 났다고! 맨날 뻐기기는!"

"어헛! 정현민! 고모한테 함부로 말하는 거 아니다. 앞으로 말조심해."

"네, 네. 어련하시게요."

"이 놈이!"

"그 놈의 가족사랑! 지겹네요. 췟!"

아버지는 그 후 침묵을 지키며 운전대를 잡고 청담동 집으로 향했다. 어머니는 현민이 투덜거리자 아버지의 눈치를 보면서 동조를 하더니 친척들을 향해 속사포처럼 비방하기 시작했다.

재차 아버지는 인상을 찡그렸다. 허나 어머니는 아랑곳하지 않고 과거의 편린에 대해 속에 있던 울화를 쏟아내고 있었다.

현수는 그저 창밖의 풍경을 응시하면서 침묵만 지킬 따름이다. 이 시절 강남의 밤거리는 여전히 정갈하고 깨끗했다.

예원상성의 주가는 중간에 몇 번 멈칫거리는 분기점을 제외하면 자고나면 상승했다.

6월 19일이 되자 드디어 예원상성은 주당 5천 위안을 돌파하게 된다. 몇 백 위안에서 오를 만큼 올랐다고 착각하여 전량 매도하고 포지션 정리를 한 이들은 하늘로 훨훨 날아가는 주가를 보면서 과연 어떤 생각을 했을까?

최창섭은 거래소 객장에서 거의 실시간으로 거주를 하면서 끊임없이 샹그리라 호텔에 묵고 있는 현수와 통화를 지속했다.

"현재 시각 기준으로 6,350위안입니다."

"……."

현수는 가슴이 먹먹했는지 담배를 한 가치 입에 물더니 판단을 잠시 보류했다. 저 편에서는 이쪽이 대답이 없자 잠시 후 다시 묻는다.

"어떻게 할까요? 계속 홀딩입니까?"

"일단 3만주 먼저 매도하세요. 매도할 때 명심하실 것은 시장에 충격이 가지 않게 30주, 50주 단위로 잘게 잘게 끊어서 천천히 내놓아야 한다는 점입니다."

"명심하겠습니다."

"물량 정리하는데 일이주가 걸려도 괜찮지만, 중점을 둬야 할 부분은 우리가 내놓은 물량 때문에 예원상성의 주가가 충격을 받아서는 안 된다는 겁니다. 이 부분이 가장 중요한 것쯤은 아시죠?"

최창섭은 호탕하게 웃으며 껄껄댔다.

"이제 저도 그 정도는 알고 있으니 걱정 안 해도 됩니다. 그보다 워낙에 매수세가 강해서 그 정도 가지고는 눈도 끔쩍하지 않을 걸요? 본부장님이 직접 객장에 한번 오셔야 중국의 뜨거운 주식 현장의 열기를 느낄텐 데요. 쩝! 안타깝군요."

"좋습니다. 오늘부터 조금씩 물량 정리 들어갑니다."

"오케이! 알겠습니다."

3만주는 이틀에 걸쳐서 분할 매도를 하니 손쉽게 물량

소화가 되었다. 4일 후 주가는 약간 출렁거리다가 다시 장대 양봉을 만들면서 드디어 7천 위안을 돌파했다.

주가의 미친 폭등은 연쇄 작용을 일으키면서 최근에는 전국 방송인 CCTV 경제 채널에서까지 예원상성을 집중적으로 다루기 시작했다. 그런데 사회주의 국가다 보니 기업에 대한 집중 분석이나 가치보다는 주가가 100배 가까이 폭등한 긍정적인 면만을 부각시키는 것은 어쩔 수 없는 모양이다.

그 이면에는 증권 시장의 활성화를 통한 등소평 지도부의 치적을 대외적으로 포장시키는 데 예원상성이 더할 나위 없이 제격이라 판단한 것으로 추정될 뿐이다.

그 때문에 이런 폭등 장세가 이어지고 있었다.

그 사이에 그는 지금까지 참고 버텨 온 긴 인고의 시간을 끝내야 할 시점이라고 최종 결론을 내리게 된다.

이미 기존 수량의 10%를 팔아 젖힌 현수는 다시 6만주를 7,430위안과 7,500위안 사이에서 분할 매도 지시를 내렸다.

감각적으로 이 정도가 어깨로 짐작이 된 것이다. 물론 여기서 더 주가가 날아갈 수도 있을 것이다. 그러나 주식의 유명한 명언 중 생선의 머리와 꼬리는 탐욕을 부리지 말라는 말처럼 철저하게 신중해야 할 시점이었다.

판단 하나 잘못 내리면 수십억이 앉은 자리에서 깨지는 그야 말로 피가 말리는 도박판이 아닌가?

6만주는 단 하루 만에 정리가 되었다.

그리고 그 다음 날이다.

사실 전날 7,050위안에서 엄청난 물량이 터졌던 탓에 기다란 십자 음봉이 출현하면서 다음 날 폭락의 우려가 있었던 탓이다.

하지만 이런 우려를 비웃기라도 하는 것일까? 장이 개장하면서 예원상성은 단 1시간 만에 8천위안을 돌파했다. 주가가 드디어 미친 것이다.

자고 일어나면 신고가의 연속이니 눈이 안 돌아가는 게 더 이상할지 모른다. 매수와 매도의 균형추는 완벽하게 깨졌다.

이제 매도자는 조심스레 관망을 하면서 선뜻 물량을 내놓지 않았다. 그 반면 매수자는 극도의 조급함 때문에 연신 호가만 높여대는 중이다. 그렇게 며칠이 또 지나갔다.

현수는 초조하게 침을 삼키면서 재차 물었다.

"현재가가 얼마라 했죠?"

"방금 8,500위안을 깼습니다."

"좋습니다. 다시 3만주를 매도하겠습니다. 물론 지난 번과 동일하게 최대한 시장에 충격을 주지 않는 선에서 잘게 끊어서 분할 매도입니다."

"지금은 굳이 그럴 필요 없을 것 같네요. 워낙에 거래량이 많아서요."

"그런가요? 그러면 4만주, 아니 5만주로 해주세요."

"알겠습니다."

5일 후, 주가는 9,000위안을 돌파했고 치열한 공방전이 이어졌다. 하지만 9,000위안에서는 더 이상 상승하지 못하고 8,900위안과 9,100위안 사이에서 반복적인 횡보를 거듭했다. 이 횡보는 생각보다 길어져서 열흘 가까이 했는데 이 틈을 이용해서 현수는 보유 물량 10만주를 더 매도할 수 있었다.

이제 남은 잔량은 55,000주만 남아 있을 뿐이다. 이 물량은 차분한 마음으로 조금 더 기다려 볼 계획이다. 너무 큰 금액이기에 아이러니하게도 평정심이 되살아난 것일까? 거친 태풍의 중심은 바늘 떨어지는 소리까지 들릴 정도로 고요하다 한다.

비록 계산기로 얼마를 벌었는지 정확하게 두드려 볼 자신은 없었지만 금액 때문에 오히려 현실감이 안 느껴진다는 이유였다.

이미 기존 보유 물량인 295,000주에서 240,000주를 정리했으니 설령 남은 55,000주가 폭락한다 해도 큰 상관이 없었던 것이다.

그는 정말로 이 주식이 1,000배를 찍을 수 있는 지 확인하고 싶었다.

발행가격이 10위안이고, 액면 분할이나 감자 없이 주식 상장을 해서 10,000위안이 되면 정말로 100,000 %수익률이 수치적으로는 가능했다.

최창섭은 이미 표정이 굉장히 상기된 모습이다. 그럼에도 아직 이 베팅이 종료가 되지 않았음을 알기에 여전히 예전처럼 침착한 태도를 유지했다.

7월 중순이 넘자 주가는 결국 9,600위안에 안착하고야 만다. 현수는 날카롭게 눈빛을 번득였다. 손으로 전화기 다이얼을 직접 돌리면서 지시했다.

"이제 마지막입니다."

"드디어 끝인가요?"

"아마 그런 것 같군요. 예원상성 주식… 9,650위안에 5만 5천주를 분할 매도 방식으로 전량 처리 부탁합니다."

"알겠습니다."

"그 동안 수고하셨어요. 창섭씨."

"천만에요. 나중에 뵙죠."

이제 이 기나긴 황금의 베팅은 종료되었다.

그리고 남아 있는 것은 현금 정산이었다. 현수는 오만한 자세로 팔짱을 낀 채 우뚝 서 있었다. 그는 샹그리라 호텔의 27층에서 허리를 꼿꼿하게 편 채로 저 멀리 시내 풍경을 가만히 지켜보았다.

마치 그 자세는 세상의 지배자처럼 모든 것을 다 가진 위풍당당한 숫사자의 지엄한 권위와 닮아 있었다.

호텔 문을 두드리고 들어 온 최창섭의 얼굴빛은 꽤 핼쑥해 보였다. 그는 검은 색 007서류 가방을 마치 대단한 보물인양 감싸 안은 채 뒤를 연신 돌아보면서 잠금장치를 확인하고 있었다.

그리고는 고개를 돌려서 가운만 하나 걸치고 있는 정현수와 허공에서 시선이 마주쳤다.

짧지도, 그렇다고 길지도 않은 찌릿한 정적이 지나쳐 갔다. 그러더니 곧 만면에 활짝 미소를 드러낸 채로 현수와 진한 포옹을 했다.

"해냈어요! 우리가 드디어!"

"하하. 이제야 다 끝난 겁니까?"

"그동안 고생 많으셨네요. 이리 와 일단 앉으세요."

"휴우, 그보다 일단 맥주 좀 한 잔하고…."

"저기… 열어 보세요."

"아! 맥주… 이게 이토록 그리웠다니."

"후후."

창섭은 목이 말랐는지 룸에 비치된 미니바의 냉장고를 잽싸게 열었다. 그러더니 하이네켄 맥주를 꺼내서 시원하게 마셨다.

순식간에 한 캔을 다 마신 창섭은 잠시 감정을 진정시킨 후, 입을 뗐다.

그는 흑색 가방에서 정산이 완료된 증권 매매 내역서가 담긴 서류를 보여주면서 설명을 시작했다.

“저희가 보유하고 있던 예원상성 지분 수량 295,000주는 …지난 6월 20일과 21일에 걸쳐서 평 단가 6,320위안으로 30,000주, …6월 29일에 평 단가 7,480위안에 60,000주, 7월 3일에서 7월 6일까지 평 단가 8,520위안에 50,000주, 7월 9일부터 7월 16일까지 평 단가 9,020위안에 100,000주….”

“크흠.”

“7월 22일에서 7월 25일까지 평 단가 9,650위안에 55,000주를 분할 매도 방식으로 모두 지분 정리를 완료했습니다. 그리고 주식을 팔고 현금으로 환산된 금액은 휴우….”

정현수는 대충 짐작이 된다는 듯 나지막한 어조로 반문했다.

“왜요? 생각보다 많아서 그런가요?”

“아직도 믿을 수가 없네요. 이게 꿈인지 생시인지… 어쨌든 남은 현금은 중국 인민폐로 정확히 24억 9천 7백십 5만위안입니다.”

실로 엄청난 금액이었다.

미화로 1대 10 비율로 환전이 가능하다면 2억 5천만 달러였다. 미화 대비 현재 원화 환율이 800원 수준인데 이 환율을 적용해도 2천억원이다.

1992년도에 2천억이라니!

속된 말로 대박이었다. 현수조차 머리속으로 상상만 하던 것이 현실로 이어져 연계되자 놀라 물었다.

"이, 이거. 정말인가요?"

"한 치의 거짓말 없는 진짜입니다."

"참? 예원상성의 평균 매도 단가가 어떻게 되죠?"

"잠시만요. 아, 여기 있네요. 전체 평균 매도 단가는 8,465위안입니다."

"그렇군요."

"아까 말씀하신 대로 제 이름으로 된 계좌에 25%를 넣었고, 나머지 75%의 매도 환급금은 본부장님 계좌로 입금 완료 했습니다."

중국도 이런 것 보면 참 희한한 나라였다. 외국인은 주식 매입이 원천적으로 금지되지만, 그 반면 계좌 개설과 은행 예금은 얼마든지 가능했기 때문이다.

결론적으로 그의 몫으로 1,872,862,500위안이 떨어졌다. 너무 큰 거액이라 혹시 몰라서 여러 군데 은행을 직접 찾아가 계좌도 분산해서 만드는 치밀함도 보여주었다.

최창섭은 자신의 몫으로 624,287,500위안을 미리 챙겨 갔다. 그 또한 인간이었던 것이다.

모든 설명을 들은 현수는 최창섭을 보면서 넌지시 물었다.

"그 많은 돈으로 이제 뭘 할 겁니까?"

"글쎄요? 아직 모르겠네요. 그 중 일부 돈으로 KTV 같은 룸싸롱이나 몇 개 운영해보려고요."

"예에? 룸싸롱? 그냥 사업이나 하지 갑자기?"

"하하. 그냥 젊은 시절부터 돈 있으면 KTV 같은데 가서 펑펑 쓰는 게 꿈이었어요. 그리고 이제는 직접 내가 운영하면 앞으로 내 돈 내고 술 마실 필요도 없을 것 같네요."

현수는 그저 어리벙벙한 표정으로 대꾸했다.

"아, 아."

"조금 생뚱 맞죠?"

"아니요. 그보다 다른 데 투자할 데 없으면 그 돈으로 심천시에 땅 사놓으면 괜찮을 겁니다."

"심천시요?"

"네. 상해나 북경도 괜찮지만 아무래도 이쪽은 중국 최고 도시라서 나중에 수익률면에서 보면 아직 개발이 덜 된 심천시가 훨씬 나을지 몰라요. 심천시가 홍콩 근처라서 훗날 홍콩이 중국에 반환되면 정부에서 시범 케이스로 개발시킬 여지가 크죠."

"그래요? 그것도 생각해봐야겠네요."

그렇게 할 일없이 농담을 주고받은 그 둘은 그 날 저녁 엄청나게 폭음을 하였다. 아마 태어나 처음으로 필름이 끊길 정도까지 술을 퍼부었던 것 같다.

치솟는 아드레날린과 거친 심장 박동 소리, 황금이 주는 들뜬 흥분은 모든 스트레스를 상쾌하게 날리면서 긴 밤과 함께 묻어간다.

비행기에 올라 탄 현수는 잠을 청했으나 쉽게 꿈나라에 들지 못했다. 느닷없는 장애물이 또 생겨난 탓이다.

일등석의 안락함과 그에 걸 맞는 최상의 서비스도 지금의 그에게는 만족감을 주지 못했다.

세상일이란 참? 비릿한 조소가 불쑥 냉막한 입술에 그려졌다. 알콜이 섞인 칵테일 탓일까? 덥수룩한 속과 어지러운 머리를 부여잡고는 지친 눈꺼풀이 저절로 감겨졌다.

어떻게 해야 하지? 쉽게 답이 안 나왔다. 일주일 전 예원상성 지분 전량을 매도한 후, 그가 얻은 수익률은 실로 기가 막힐 정도로 놀라웠다.

비상장 주식을 33.5위안 이라는 낮은 가격에 싹싹 긁어모은 후, 1년이 채 지나지 않아서 평균 단가 8,465위안에 매도를 했으니 무려 252.6 배의 차익을 챙긴 셈이다.

처음에는 외화를 밀반입 시켰을 때와 마찬가지로 CMK 무역을 통해서 동일한 절차를 거쳐서 중국 인민폐를 미국 달러로 환전하여 송금받으면 되는 줄 알았다.

그러나 전혀 예상치 못한 일이 발생했다. CMK 무역쪽에서 환전량이 너무 거액이라고 난감한 입장을 피력한 것이다.

결국 부랴부랴 인민폐를 달러로 바꿔서 송금 환전이 가능한 업체를 찾았지만, 미화 1억 8천만 달러가 넘는 돈은 커도 너무 컸다.

특히나 지금의 중국 정부는 2014년도의 4조 달러를 외화를 쌓아 놓고 주체 못하던, 잘나가던 그 때의 중국 정부가 아니었다.

해외에서 달러로 자국에 들어오는 돈은 봐도 못 본 척 눈감아주는 경우가 많았지만, 반대로 외화가 해외로 빠져나가는 케이스는 웬만한 이유가 아니면 철저하게 규제를 했다. 특별한 사유 없는 외화 밀반출은 리스크가 너무 크다는 것이 CMK 무역 이하 기타 송금 업체들의 의견이었다.

100조를 향해서
NEO MODERN FANTASY & ADVENTURE
Part 7-3. AMC Group의 Start

Part 7-3. AMC Group의 Start

당연히 그들의 입장도 이해는 된다. 고작 몇 % 커미션이나 혹은 오너의 비자금 때문에 일이 잘못될 경우 감당이 안 될 수도 있기 때문이었다.

결국 그렇게 고민 끝에 내린 결론은 일단 긴 시간의 여유를 두고 나누어서 송금을 받는 것으로 잠정 합의를 보았다.

물론 좀 더 세부적인 그림은 추후 최창섭과 재차 논의를 해 봐야 할 부분일 것이다. 속으로 중얼거렸다.

'돈이 너무 많아도 문제로군'

저절로 한숨이 나왔다. 일단 최창섭에게는 일본 도쿄나 싱가폴 국적의 정상적인 수출입 기업 중에서 사이즈가 크고, 중국에 지사를 둔 회사와 일차적으로 협상을 진행 해

달라고 부탁을 한 상태다.

그들 중 비자금이 필요한 기업의 경우엔 충분히 거래가 가능할 것으로 판단한 것이다.

이 경우 환전해야 하는 금액의 규모가 큰 관계로 되도록 이면 다수의 기업과 접촉하는 게 좋았다.

흐름은 중국에서 그가 위안화로 건네주면 해당 기업의 외국 지사에서 약정된 환율로 달러로 받는 개념이다.

'잘못하면 중국에 돈이 묶이게 생겼어.'

미간이 절로 찡그려진다. 긴장한 탓일까? 두통이 밀려왔다. 가장 먼저 해야 할 일은 뭘까?

1,500억에 달하는 현금은 단번에 한국에 못 들어온다. 이것이 현실이다. 그 다음은? 1,500억이 못 와도 최소 100억 정도라도 먼저 가져와야 했다.

이 정도라면 CMK 측에서 가능하지 않을까?

그들의 입장은 환율을 더 낮춰준다면 일이 십억씩 분할로 나눠서 해주는 것은 가능하다 했다. 아예 불가능하다고 손 자체를 뺀 것은 아니라는 뜻이다.

그렇게 여러 번에 걸쳐서 한국으로 송금을 받고, 나머지 문제는 최창섭에게 처리를 부탁하고는 그는 먼저 귀국했다.

"…AMC 엔터테인먼트의 재무 재표를 보면 작년 매출은 미미한 편이군요. 그리고 올해는 아직 결산이 끝난 상황이 아니라 AMC 의 경우 동종 업계의 주가 EV/Evita 나 Per 로 대입하여 추정 계산하기도 좀 애매합니다. 이 경우 자료가 불충분해서 주관적인 의견이 들어갈 소지가 높은 편이죠."

회계 법인에서 온 안경을 낀 점잖아 보이는 40대의 회계사는 차분한 어조로 설명을 하고 있었다.

현수는 고개를 끄덕이며 계속 질문을 했다.

"그러면? 다른 방법은 없습니까?"

"가장 확실한 방법이 첫 번째로 지금까지 실적과 하반기 추정실적을 토대로 주당 순이익 EPS 에 PER를 곱하는 것입니다. 일반적으로 비상장법인의 PER는 평균 12배면 적당한 편이죠."

"…흠."

"두 번째는 기업의 순자산인 PBR을 이용해서 해당 업종의 PBR 에 배율을 곱합니다. 굴뚝 업종의 경우엔 0.8-1.2배가 적당하지만… 엔터테인먼트를 영위하는 다른 비슷한 경쟁 업체를 조사해 보니 PBR 가 5 -6배 평균 배율로 나옵니다."

"그런가요?"

"그런 관계로 첫번째 주당 순이익 EPS를 바탕으로 현재 AMC 엔터의 주가를 산정할 경우 아까 주신 자료로 보면 올해 추정 순이익이 30억 가량 예측이 되는군요."

"......"

"이 경우 전체 발행 주식수인 40만주로 나누면 주당 7,500원이 됩니다. 여기에 평균 PER 12배를 곱하면 90,000 원이 나옵니다. 이럴 경우 현 주식 가치는 최초 액면가 500원의 180배가 오른 것으로 나옵니다."

"두 번째는 어떤가요?"

"두 번째는 순자산인 PBR을 이용한 산정 방식인데 현재 AMC 엔터테인먼트는 박찬형씨에게 빌린 개인 사채 1억 6천만원 외에는 부채가 전혀 없습니다. 현 시점 기준으로 AMC 엔터의 순자산은 예적금 및 현금 10억, 정현수씨에게 빌려준 가불금 계정으로 5억 3천, 그 외에 슬램덩크 재고분 2억원 및 임대 보증금 1억 2천, 기타 자동차 등으로 대략 20억 5천만원 정도 나옵니다."

"복잡하군요. 쩝."

"…이 때 주당 순자산 PBR은 5,125원이 나옵니다. 여기에 엔터 업계 평균 배율인 5배를 곱하면 대략 25,625원이 나오네요. 이 경우 액면가 대비 대충 51배 쯤 오른 게 됩니다."

회계사는 이쪽 방면으로만 배운 고지식한 인물이라 그런지 대화의 핵심을 파악하지 못했다.

지금 Key Point는 비상장 주식의 가치 평가가 아니라 정현수의 명의로 명의 확보가 얼마나 가능한지였다.

이 문제는 기실 AMC가 너무 빨리 성장하는 데서 기인했다.

애초에 미성년자라는 약점 때문에 AMC 엔터테인먼트의 지분에 대한 명의를 부모님 이름을 쓰는 데서 출발했다. 이 안에 숨겨진 의미는 미래에 잘못하면 명의 전환 문제로 상속세나 증여세와 같은 납부할 필요성이 전혀 없는 막대한 세금 문제로 귀결된다 할 수 있다.

현수는 안경테를 닦으면서 마음에 안 든다는 표정으로 불만을 토로했다.

"휴우, 너무 어렵군요 전문 용어는 저에게 필요 없습니다. 중요한 점은 목적이에요."

"그래도 주가 산정을 하는 데 있어서…"

"미안합니다! 선생님? 말을 끊어 죄송한데 더 들어 보시죠? 다시 말하지만 저는 1차로 현금 일백억원 가량을 유상증자로 AMC 엔터에 넣을 생각입니다."

"……."

"그 후, (주)AMC라는 새로운 법인을 설립하면서 (주)AMC 산하로 여러 개의 자회사를 둘 예정입니다. 그러니 당신은 그에 걸맞게 적당한 수준의 주가를 평가해주시고, 자본 증자에 대한 혹시 모를 법률적 검토만 해주면 됩니다."

"이제 알겠습니다. 아마 닭이 먼저냐 계란이 먼저냐 싸움인데 저희로서는 고객의 의견을 충분히 반영해드려야겠죠. 그러면 다시 묻죠."

"네, 말씀하세요."

"100억을 넣고 지주 회사가 될 (주)AMC의 지분율은 본부장님 명의로 어느 정도 가지시면 되겠습니까?"

"대충 20%에서 30% 내외로 하죠. 어차피 기업 평가도 코에 걸면 코걸이 아닙니까?"

"……."

"만약 (주)AMC가 외부 투자를 받아야 하기 때문에 비상장 주식인 AMC 엔터테인먼트의 현 시가를 조작해야 될 상황이면 이해를 하겠지만, …실질적으로 부모님 명의로 된 지분율을 줄이고, 가족인 내가 들어가겠다는 게 목적 아닙니까?"

"하긴, 그렇군요."

"실제 현금이 납입되지 않는 거짓 기장도 아니고, 불법을 자행하는 것도 아니니 그 쪽에는 피해가 전혀 없을 겁니다. 적당한 선에서 주가를 산정하세요. 그러면 됩니다."

그의 목적은 1차로 중국의 자금 중 백억 정도를 움직여서 자본 확충과 동시에 자연스럽게 자신의 지분을 대폭 증가시킬 예정이다.

창업 당시에 미래에 상속 및 증여세 문제를 간과하고 미성년자라는 이유만으로 단순하게 부모 명의로 등기한 주식이었다. 그런데 지금 생각하니 잘못 된 것이다.

그는 미래를 알고 있다.

AMC라는 회사가 미래에 과연 어느 정도까지 성장할지는 모르겠지만, 전도가 유망한 것은 분명했다.

이제야 겨우 Start-Line에서 몇 걸음 달린 상황이다.

아직 기업의 규모가 작은 현 시점에서 충분하게 지분율을 확보해 놓으면 훗날 세금 관련 문제로 속 썩일 부분은 없을 것이다.

그 때문에 이번 기회를 통해서 유상 증자를 하면서 적정 지분과 절차에 대한 대화에 여념이 없었다.

"자, 아무튼 첫 번째 방식으로 할 경우 회사에 제 3자 배정 방식으로 내게 유상 증자를 하고, 바로 100억을 납입하면 저의 지분율은 어떻게 됩니까?"

"이럴 경우 원래의 주가 9만원에서 할인율을 적용하여 8만원으로 잡을 경우 125,000주 정도 지분 확충이 가능할 것 같습니다."

"그럼? 총 주식 발행 수는 525,000주가 되고 제 지분율은 23.8% 정도네요. 맞나요?"

"네. 그럴 겁니다. 참고로 두 번째 방식인 주당 순자산인 PBR을 이용한 방식은…."

현수는 슬쩍 짜증을 내면서 딱 부러진 어조로 끊었다.

“아! 됐습니다. 어차피 이번에 백억 집어넣고 나중에 또 몇 백억 더 넣을 생각이니 시간이 지나면 40% 수준 까지는 올릴 수 있을 겁니다.”

회계사는 꽤 놀란 표정으로 궁금한 듯 물었다.

“자금이 또 있습니까?”

“그건 제 사정이니 신경 끄시고. 아무튼 현재 회사 가치보다 더 높게 수치를 잡으면 결론적으로 제가 이익을 보는 게 아니니 이런 경우 추후 국세청이나 이런 쪽에서 법적으로 문제 생길 여지는 없겠죠?”

“그건 그렇습니다. 대신에 아직 미성년자이기 때문에 지금은 몰라도 자금 출처 조사가 나올 가능성은 배제 못합니다.”

“자금 출처 조사라… 확률은 얼마나 될까요?”

“글쎄요? 그건 국세청쪽의 케이스 바이 케이스라서 장담을 못하겠네요.”

“해외에서 주식 투자로 돈을 벌었다는 증빙이 있으면 문제는 없을까요?”

“확실한 증명이 가능하면 괜찮을 겁니다. 보통 이런 경우 부모에게 몰래 증여를 받은 것으로 의심을 해서 증여세로 때리는 경우가 많은 편이죠. 그게 아니면 해당 사항이 없으니 다행이네요.”

"알겠습니다. 좋은 말씀 감사합니다."

"천만에요."

회계사는 악수를 청하면서 자리에서 일어났다.

그러면서도 내심 이 젊은 친구에게 놀라움을 감추지 못했다. 자금난에 시달리는 대다수 중소기업과 다르게 내실이 놀라울 정도로 탄탄했던 것이다. 회계 법인은 거래하는 회사가 크면 클수록 이익이다.

회계사는 배웅하는 정현수 본부장에게 정중하게 인사를 하면서 말했다.

"그러면 방금 말씀하신 대로 제 3자 배당 방식으로 유상증자를 통해 자본 증자를 하도록 하죠."

"회계사님만 믿겠습니다. 잘 처리해주세요."

"걱정 마십쇼. 그럼 나중에 다시 오겠습니다."

다음 날 아침. 아직 이른 시간이었다.

엔터 사업팀 소속 보이 그룹인 이너 서클의 치프 매니저를 맡고 있는 김정웅은 꽤 짜증이 나 있었다. 어쩌면 와이프와 잠자리 언쟁으로 아침밥을 부실하게 먹은 탓에 더 예민해진 건지도 모른다.

아무튼 직원이 아직 출근하지 않은 AMC 엔터테인먼트의 아침은 평소와 다르게 정신이 사나운 편이었다.

김정웅은 주머니에 손을 넣은 채 문하경 대리를 향해 한껏 언성을 높이는 중이다.

"아니? 왜 안 된다는 거요? 왜?"

"저번에도 말씀드렸잖아요? 아무리 접대라 해도 백만원이 넘어가는 부분은 경비 처리가 힘들다니까요?"

"그럼? 어쩌란 말인데! 여기 영수증 있잖아!"

"가짜 영수증인거 몰라서 그래요?"

"이 봐! 문 대리!"

"김정웅씨! 말이 너무 심하군요. 어디 매너 없이 이러는 거죠?"

이에 김정웅은 한심하다는 투로 삿대짓을 하면서 투덜거렸다.

"문 대리? PD는 대놓고 돈 요구하는데 거기다 대고 나보러 어쩌라고?"

"뭘 어쩌라고요?"

"어제 분명히 말했잖아? KBS 윤 PD가 몇 몇 기획사 담당자들 불러 놓고 내기 골프 치자고 해서 돈 좀 꼴아줬다고. 그럼 거기다 대고 내가 이겨야 돼? 안 그래? 그렇다고 회사 일에 내 돈을 꼴아 박을까? 대체 어쩌라고? 응?"

"하지만 본부장님이 저번에 분명히 말했잖아요."

"뭘?"

"방송국 관계자에게 앞으로 과하게 아부할 필요 없다고."

"꼬맹이 본부장이야 이 계통 바닥을 모르니 그러는 거고. 더구나 내 직속 상사는 본부장이 아니라 강대수 상무님이야."

"……."

"요즘 이너 서클이나 트윙클이 인기 있어도, 그래봤자 신인 그룹이야. 이 바닥에서 공중파 피디한테 잘못 보이면 그날로 끝인 거 정말 몰라서 물어? 그런 기본적인 것도 몰라? 이것 참! 대가리가 멍청한 거야 뭐야?"

"이봐요! 말씀이 너무 심한 것 아닌가요?"

"쌩! 어디서 두 눈을 똑바로 뜨고 노려봐? 대리라고 불러주니까 진짜 대단한 걸로 생각하는 거야? 정말 그런 거야? 내 참! 깝도 안 되는 고졸 계집애가! 콱!"

문하경 대리도 만만치 않았다. 금방이라도 눈물을 흘릴 듯이 충혈 된 눈으로 날카롭게 상대를 응시한 것이다.

"뭐 계집이라니? 김정웅씨! 정말 막 가자는 건가요? 대체!"

"막가기는 누가 막가? 당신 태도부터 뜯어 고쳐!"

점점 더 분위기가 험악하게 변해 가던 그 시점에서 누군가 냉랭하게 말을 끊고 참견하는 이가 있었다.

"그만!"

"뭐야? 아…."

"일찍 출근하시네요. 본부장님?"

"아, 안녕하세요."

현수는 보통 때와 달리 일찍 출근했다. 아직 출근한 직원이 몇 없어서일까? 이 둘의 싸움은 듣기 싫어도 또렷하게 귓가에 들려오고 있었다.

그는 김정웅에게 다가가 어깨를 살짝 쥐면서 싸늘한 어조로 경고를 했다.

"앞뒤 상황은 정확히 몰라서 일단 언급하지 않겠지만, 당신 말투를 보니 내가 직원을 잘못 뽑은 것 같다는 예감이 강하게 오는군."

"저, …그, 그게 오해입니다."

"오해?"

"네. 문 대리가 주제도 모르고 저래서…."

"풋! 강 상무가 정말 그렇게 힘이 센가? 한동안 중국에 있다 돌아와 보니 이것 참… 회사 꼴이 말이 아니네. 가관이군. 가관…."

"본, 본부장님! 죄송합니다."

급기야 김정웅은 낯빛이 창백하게 변했다. 하지만 정현수 본부장은 냉정했다. 그는 그의 말을 무시하더니 공손히 시립해 있는 문하경 대리에게 지시를 했다.

"문하경씨? 전체 회의 소집입니다. 아침 9시 반까지 출근하면 열외 없이 전 직원은 총회의실로 모이라고 전달하세요."

"네."

회의실에는 AMC 엔터의 전체 직원들이 삼삼오오 모여 있었다. 초기에 13명으로 시작한 AMC 엔터테인먼트는 1년 반 만에 35명으로 크게 늘어나 있었다.

세세하게 살펴보면 최 전무를 필두로 경리 팀이 3 명, 엔터테인먼트 팀 12명, 출판 사업팀 8명, 노래방 프랜차이즈 사업팀 10명이다.

이 중 엔터 사업팀은 이너 서클과 트윙클의 공식 활동 때문에 담당 로드 매니저 2명과 치프 매니저 2명을 추가로 영입하였다.

그 외로 출판 사업팀 역시 슬램덩크의 대히트와 더불어 연이어 집영사의 인기 만화 5종을 단행본으로 엮어 동시에 출간하면서 인원수를 늘렸다. 노래방 프랜차이즈 사업팀도 가맹점 모집을 위해서 이 쪽 계통 경력 사원을 대폭 확충했다.

기실 최근에 새로 들어온 신입과 경력 사원의 눈에 AMC는 다소 특이한 회사임은 분명했다.

사장은 존재하지 않고, 젊은 본부장이 모든 것을 관리하지만, 그러면서도 연봉이나 대우는 대기업 빰칠 정도로 복리후생의 수준이 높은 회사였다.

이미 회사 업무용 자동차도 6대나 있어서 먼 출장을 가는 데 애로사항도 없었다. 사무실은 빈 공간이 워낙 많아서 그 자체로 쾌적하고 널찍하다.

이유야 어쨌든 최근에 입사한 이들은 말만 듣던 본부장과 정면으로 마주보기는 이번이 처음이라 아니 할 수 없다.

35명이 일시에 회의실로 들어서자 짠밥이 안 되는 절반 이상은 뒤에 간이 의자를 끌고 와 앉아야 하는 번거로움이 뒤따라온다.

그럼에도 이들의 동공은 한껏 확장된 직후다.

그도 그럴 것이 간단한 격려사와 형식적인 이야기가 끝맺음을 한 후, 이어진 본부장의 말이 상상 외로 충격적이었던 탓이다.

"앞으로 AMC 는 (주)AMC로 명칭을 바꾸고 지주 회사로 만들 계획입니다. 그 밑으로 AMC 엔터테인먼트, AMC 미디어텍, AMC Investment, AMC 유통, AMC Game 등 자회사 개념으로 분사시킬 계획입니다."

그러자 강상무가 약간 이해가 안 된다는 듯이 질문했다.

"그룹으로 만든다는 뜻인가요?"

"그렇습니다. 비록 규모는 작지만 일단 시작은 그룹으로 나갈 생각입니다."

"그러려면 적지 않게 자금이 필요하지 않겠습니까?"

"좋은 질문하셨습니다. 그 부분은 걱정하지 않아도 되는 게 어제 정우 회계 법인의 담당자와 이야기를 마쳤습니다. 먼저 제 개인 돈 100억을 회사의 자본증자를 위해서 집어넣을 예정입니다. 그에 더해 추후에 필요하다 생각되면 몇 백억 이상 현금은 충분히 더 넣을 능력은 되니 안심해도 될 겁니다."

의도적으로 현수는 턱짓으로 천천히 주위를 살폈다. 허나 현장은 쥐죽은듯이 정적을 유지했다. 다시 말이 이어졌다.

"또한 조만간에 제 개인 돈으로 강남 쪽에 적어도 어느 정도 급이 되는 빌딩을 매입해서, 그 중 일부를 AMC 그룹 직원 전체가 사용할 수 있게 임대도 줄 예정입니다."

Part 7-4. AMC Group의 Start

Part 7-4. AMC Group의 Start

이번에는 변 부장이 카랑카랑한 어조로 반문했다.

"이곳은 어떻게 하실 건지요?"

"이 곳은 원래 3년 계약을 맺었지만 다른 회사에 재임대로 돌리고 전부 그 쪽으로 이사할 생각입니다. 그리고 만약 그룹으로 분사가 되면 현재 여러분들의 직책은 2-3단계씩 자연적으로 올라갈 겁니다."

주변에서는 놀라서 반문이 불쑥 튀어나왔다.

"정, 정말입니까?"

"네. 예를 들어 강상무님의 경우엔 향후 AMC 엔터테인먼트의 사장이 될 수도 있겠죠. 물론 그에 상응하는 수준의 대우도 해줄 예정입니다."

"……."

"어떻습니까? 마음에 드십니까? 여러분들은 복 받은 사람들입니다. 향후 AMC 그룹의 창립 멤버가 될 사람들이니까요. 여기 계신 분들은 특별히 저의 눈에 어긋나거나 문제가 없는 한 회사를 위해서 최선만 다해준다면 앞으로 좋은 일이 많을 거라고 생각되는군요. 아닌가요?"

"그렇습니다."

정현수 본부장은 냉랭한 어조로 말을 건넸다.

"그리고 김정웅씨? 지금 이너 서클 치프 매니저 맞죠?"

"네."

"아까? 그 부분 내 앞에서 해명이 필요할 것 같은데? 아닌가요?"

"그, 그게… 이너 서클 로비 문제로 방송국 PD와 상대를 하다 보니 원치를 않아도 뇌물성 대가를 바라는 경우가 많아서…."

정현수 본부장은 잔뜩 얼음처럼 창백해진 김정웅을 응시하더니 예리하게 대화를 끊었다.

아무리 방송국 관계자라 해도 굳이 그럴 필요까지 있을까 하는 의문이다. 물론 로비는 할 수 있다.

필요에 따라서는 뇌물도 줄 수 있을 것이다. 그는 그렇게 꽉 막히고 고리타분한 인물은 절대 아니다.

방송국 PD의 권력이 그토록 강한 걸까?

물론 2014년처럼 케이블이나 인터넷, DMB, IPTV와 같은 다양한 미디어 채널이 존재하지 않았고, 그런 관계로 방송국의 파워가 막강하다는 점은 알고 있다.

하지만 AMC 엔터테인먼트도 상당한 인기를 구가하는 이너 서클과 트윙클을 성공적으로 데뷔시킨 기획사였다.

순간 자존심이 상했다는 사실을 깨달았다.

가슴 속 한 언저리에 용암처럼 불끈 무언가가 치솟았다. 그는 탁자를 내려치면서 강한 어조로 언성을 높였다.

"분명히 저번에 하지 말라고 지시를 내렸을 텐데요? 상품권이나 작은 선물 정도는 괜찮지만 그 이상의 뇌물 같은 건 회사에 비용 청구해도 결재 안 해준다고 말하지 않았나요? 강상무?"

강상무는 대화의 타겟이 자신에게 쏠리자 헛기침을 하면서 조리 있게 맞받아쳤다.

"알고는 있습니다. 하지만 사무실과 현장은 다릅니다. 아무리 우리 애들이 인기가 있다 해도 피디 눈에 한번 찍히면 향후 활동하는 데 번거로울 수밖에 없습니다. 이 점 참고 부탁드립니다."

"이봐요?"

"네엣?"

"여기 오너가 누구죠? 비록 나이 때문에 회장이나 사장

자리에 오르지는 않고 있지만 당신 상사는 저입니다. 내가 하지 말라면 하지 마세요."

"하지만…."

"아! 거 참 답답하네. 자꾸 토 달지 마!"

"네. 크흠."

정현수의 말에는 예기가 있었다. 날카로운 검과 같은 그 예기는 거칠 것이 없이 장내를 파고들었다. 그리고 무서울 것이 없이 강한 위압감이 존재했다.

"중이 절이 싫으면 회사를 나가면 됩니다. 아주 간단한 논리죠. 당신하고 당신 말만 듣는 저기 저 싸가지 없는 분! 회사가 장난입니까? 내가 그리 만만해 보이나요? 김정웅 씨?"

"죄, 죄송합니다. 본부장님."

"모두 부하 직원을 잘못 가르친 제 잘못입니다."

"이제 아시는 겁니까? 쯧!"

"……."

회의실은 죽음과 같은 침묵에 휩싸였다.

확실한 점 하나는 본부장은 나이에 비해서 영리하면서도 강하다 할 수 있다.

적절한 템포의 대화 기술과 여유로운 태도, 강약의 고저를 조절하는 기세, 그리고 강한 카리스마까지. 평범한 외모와 달리 보통 인물이 아니다.

결국 강상무는 고개를 푹 숙이더니 굴복을 하고야 만다.

정현수 본부장이 휘두른 인사권이라는 전가의 보도 앞에 실질적인 권한을 가진 능구렁이 같은 강상무조차도 아무 의미가 없었다.

그 반면 문하경 대리는 그저 상황을 지켜보는 입장이지만, 내심 상당히 흡족해하는 기색이었다.

정현수 본부장이 경고했다.

"아까 문하경 대리의 일로 김정웅씨는 앞으로 6개월간 30% 감봉입니다. 또한 분명히 말하는데 저는 두 번은 안 봐주는 사람입니다. 추후에도 이런 비슷한 사건이 발생할 경우 퇴직하실 것! 각오하세요."

"네. 명심하겠습니다."

"여러분들이 회사를 위해서 접대를 하고 노력하는 부분은 충분히 알고 있습니다. 상황에 따라서 힘의 균형이 못 미칠 때는 뇌물을 줄 때는 줘야하고 다른 방법을 찾아야 할 때는 해야겠죠."

"……."

"그 점이 틀렸다는 것이 아닙니다. 제가 오늘 김정웅 매니저에게 일부 책임을 물은 이유는 행동의 인과 관계 때문입니다. 아무리 그게 옳다 해도 적어도 오너가 아니라고 했을 때는 다시 한번 더 오너를 찾아와 미리 설득을 시키는 것이 정상적인 수순입니다. 허나 당신들은 당신들 멋대로 판단하고 결정했습니다. 그게 잘못되었다는 뜻이에요. 이제 알겠습니까?"

"네! 잘못했습니다."

"그래요. 알면 되었습니다. 그럼 이만 회의 마칩니다. 모두 일 보세요."

"네."

조직이 비대해지면 각종 인간관계와 그에 따른 역학 작용으로 알게 모르게 썩기 마련이다.

조직 내에서 권력을 틀어잡으려는 놈, 파벌을 조성하는 놈, 경쟁자를 배척하려는 놈과 같이 각양각색의 인물이 나타난다.

이 경우 오너가 너무 유약하면 그런 이들에게 이용당하기 딱 좋다. 아직 몇 십명밖에 되지 않았음에도 이런 트러블이 발생하는 데 추후 회사의 규모가 확장되어 더 커지면 어떤 결과가 발생할까?

그들의 말처럼 직접 현장에서 발로 뛰면 로비의 필요성이 있을지 모른다. 기실 이에 대한 선악은 서로의 입장에 따라 다를 것이다.

그럼에도 가끔은 조직의 기강 확립을 위해서, 또한 그의 위치를 좀 더 공고히 하기 위한 필요악이라 느낄 따름이다.

시간은 유수와 같아서 어느덧 8월에 접어들었다. 모처럼만에 찾아온 무더위 탓일까?

날씨는 이미 섭씨 33도를 넘는 찜통 상황이었다. 서울 하야트 호텔의 전용 수영장에서 그는 느긋한 자세로 비치 의자에 앉아 신미정의 몸매를 감상 하는 중이다.

잘룩한 엉덩이 라인과 길게 빠진 손과 다리, 토끼 같은 두 눈과 오똑한 콧날은 확실히 고혹적인 매력으로 다가온다. 미정이 활짝 웃으며 그를 향해 손짓했다.

“뭐해? 안 들어와? 현수씨?”

“아, 이거 좀 마시고 좀 있다….”

“흥! 그러든가!”

확실히 좋긴 좋은가 보다. 하야트 호텔 수영장은 일반인도 입장은 가능했지만 조식 문제와 비싼 입장권 가격 때문에 다른 수영장보다 인파가 적은 느낌이라 쾌적했다.

그는 사각 얼음이 띄워진 칵테일을 입으로 들이키더니 바로 수영장으로 뛰어 들어갔다.

그 동안 꾸준한 복싱과 조깅, 근력 운동으로 그의 몸은 군살 하나 없는 거의 완벽한 몸매를 자랑했다.

매끈한 잔근육과 도드라진 실핏줄은 마치 다비드 조각상을 연상케 한다. 비록 수영은 잘하지 못했지만, 그는 나름 자신감이 있었다. 회귀 전의 허약한 체구와는 비교가 안 되는 수준이다. 고통을 참고 힘들게 흘린 땀의 대가였다.

"치잇! 현수씨!"

"응? 왜?"

"자꾸 시선을 어디를 보는 거야? 변태!"

미정은 현수가 다른 여자를 슬쩍 쳐다보자 입을 삐죽거렸다. 그러더니 잠수를 하고는 현수의 품에 달려와 장난스럽게 푹 안겼다.

"푸아! 저기까지 우리 시합할까?"

"좋지. 그럼 출발!"

"스타트!"

"야! 치사하게 먼저 가는 게 어디 있어? 신미정!"

"후후, 따라와 봐!"

하얗게 물보라가 거품을 일으키면서 푸른 수면 위에 궤적을 만들어갔다. 둘 다 어설픈 자유형으로 앞서거니 뒤서거니 저 멀리까지 경주를 했다. 그리고는 가쁜 숨을 몰아쉬면서 미정은 하얀 이를 드러냈다.

"미정씨는 화장을 안해도 정말 이쁘네."

"이쁘기는! 그딴 말 듣기 싫어."

"왜? 내 애인인데 좀 하면 어때서?"

"누가 애인이래? 그냥 친구 사이라고. 우리는!"

"우와. 지겹다. 그 놈의 친구 사이!"

"아니면 만나지 말든가?"

현수는 살짝 시무룩해지더니 화제를 전환했다.

"알았어. Stop! 그런 말은 이제 그만 하고."

"아, 배고프네. 현수씨? 우리 뭐 좀 먹을까?"

"좋지. 뭐 사줄까? 티본 스테이크? 어때?"

"나 돈 없어! 현수씨는 맨날 비싼 것만 먹고 말야. 돈 많다고 티 좀 내지마!"

"왜? 돈 많은 오빠 있으면 싫어?"

정현수와 신미정은 만난 지는 시간이 꽤 흘렀으나, 흔히 말하는 첫눈에 반해서 판타지와 같은 뜨거운 열정을 불태우는 사이는 아니었다. 또한 서로의 사정으로 인해 그 동안 자주 만나지도 않았었다.

미정은 그 날 이후로 현수와 확실한 경계를 그은 채 적당한 선만 유지할 뿐이었다.

현수의 입장에서도 단지 1살이라는 나이 터울 때문에 누나라고 부르기에는 회귀 전의 42세라는 정신 연령이 문제였다. 그런 탓에 둘은 서로 이름만 존칭을 쓰면서 편하게 반말까지만 튼 정도로 사이를 정리해야 했다.

미정은 배시시 웃으면서 혀를 내밀며 놀렸다.

"까불기는! 현수씨가 어떻게 오빠야? 웃겨!"

"유치하긴!"

"뭐 어쩌겠어? 확실히 부자가 좋긴 좋나 보네. 먹고 싶은 것 아무 거나 먹을 수 있으니.”

“그럼 나한테 시집오든가?”

“별로… 너한테는 남자다운 매력이 안 느껴져서.”

미정은 모호한 빛으로 고개를 살짝 젓더니 현수의 머리칼을 부드럽게 쓰다듬었다. 현수는 이런 그녀의 반응에 약간 민감하게 반응했다.

“또 그 소리!”

“미안. 내가 원래 속에 있는 말을 쉽게 하는 스타일이라서. 근데 이것 때문에 손해도 많이 봐. 아무튼 네가 이성으로 안 느껴지는 데 어떡하니? 안 그래?”

“그런가?”

“모르지. 시간이 더 흘러서 현수씨에게 정이 생기면 그게 사랑이 될지는….”

“그런데도 나를 만나는 이유는 뭔데?”

“그냥. 나한테 전화도 자주 하고… 가끔은 외롭기도 하고, 그리고 내 몸에 터치를 하지 않아서 좋기도 하고.”

현수는 기이한 표정을 짓더니 피식 웃었다.

“나도 이상해. 너한테 별로 성욕이 안 생기더라.”

“암튼, 돈도 많은 부자 집 아들이고… 후후, 너무 속물인가?”

“그걸 아니 다행이네. 쯧!”

생명체에게 아름다움이란 확실히 치명적인 무기로 여겨

진다. 미정이 눈부실 정도로 뛰어난 비주얼을 자랑하지 않았다면 과연 첫눈에 반하는 것이 가능할까?

이 부분에 대해 진지하게 고민을 해본 적 있지만 대답은 어렵지 않게 할 수 있었다. 미안하지만 NO 라고.

그런 면에서 미정은 꽤 정직했다. 적어도 그녀는 자신을 기만하지는 않았다.

그녀는 그녀의 목적을 위해서 그를 만나는 것이고, 그는 마음의 안식을 위해서 데이트를 즐기는 것이다. 그 이상도 그 이하도 아니다.

그냥 만나면 눈이 즐거워지고 마음이 편해진다.

그냥 가슴이 조금 떨리고, 약간 흥분된다.

이제는 이전처럼 그런 강한 신비감은 없었다. 익숙해진 것이다.

회귀까지 한 상태에서 미정의 반응이 미지근한데 더 이상 일방적으로 관계를 유지하고 싶지는 않았다.

그냥 적당한 친구 사이면 된다. 여자에게 이용당하고 여자 때문에 비탄에 빠지는 불우한 주인공 설정은 딱 질색이니까. 그냥 감정이 가는 대로 행동하고 싶었다.

미정이 좋았다. 그것은 진실이다. 쉽게 변하지 않는! 하지만 그의 모든 것을 걸고 베팅할 정도는 아니다.

그러기에 그는 꽤 영리한 지능을 지녔고, 이해 타산적이다. 또한 그는 물질이 주는 풍요로움과 그에 따르는 진정한 가치도 알고 있었다.

그보다 앞으로 할 일이 태산과 같았다. 잊고 있었지만, 회귀 전에 죽었던 아내도 조만간에 찾아가야 할 시점이다.

하야트 호텔의 뷔페 라운지에서 만찬을 즐기면서 현수는 궁금한 듯 입을 열었다.

"조만간에 누군가를 좀 만나야 할 일이 있는데 내 입장에서는 그 사람과의 인맥을 통해서 미래에 어떤 무언가 대가를 얻고 싶어. 그런데 정작 나는 그 사람에게 크게 해줄 수 있는 게 없거든?"

"그런데?"

"이럴 경우 과연 친밀하면서도 우호적인 관계가 성립이 될 수 있을까?"

미정은 약간 고민하는가 싶더니 대뜸 물었다.

"돈으로 안 되는 거야?"

"…아마도."

"선물은 어떨까?"

"그 정도 위치면 아무리 좋은 선물도 그냥 귀찮은 짐에 불과할거야."

"왜?"

"삼류 가수는 팬레터의 소중함을 알지만 일류 가수는 팬레터는 쓰레기통으로 직행하지. 무슨 뜻인지 알아?"

"비유도 참! 하기야 틀린 말은 아니네. 그러면 그 사람에게 필요한 것이 무엇인지 알아 봐야 하는 거 아니야?"

"응. 불행히도 높은 위치에 있는 사람이라서 필요한 게 없어 보이더군."

정확한 해답을 얻기 위해 던진 질문은 아니었다. 조만간에 중국 출장을 갈 예정인데 그 때 시진핑과 과연 어떤 방법으로 면담을 하고, 어떤 계기를 통해서 효율적으로 인맥을 만들 수 있을지 무심결에 나온 대화에 불과했다.

단순 투자 목적으로 복주시를 방문해서 시진핑과 교류를 맺는 방식은 훗날 '시진핑과의 친분' 이 있다는 정도의 기본적인 관계 형성까지만 가능하다. 하지만, 딱 그 정도가 한계임은 분명했다.

더 이상 큰 효과를 기대하기 어렵다는 것이 그의 냉정한 판단이다.

미정은 접시에 놓인 참치회를 맛깔나게 먹으면서 중얼거렸다.

"글쎄? 어려운 문제인걸? 그냥 현수씨가 가장 잘하는 것이 무엇인지 생각하고 그걸로 상대를 설득시켜서 밀어붙이는 게 어떨까?"

"잘하는 것? 내 참! 무슨 뜬금없는 소리야?"

"아! 그럼 몰라. 밥이나 먹자."

"……."

그 순간 그는 무언가 섬광처럼 스쳐가는 것을 깨달았다. 그런데 정확하게 실체가 잡히지 않았다.

뭐지? 뭔데?

금방이라도 떠오를 것 같은 해답이 쉽게 생각나지 않았다. 그가 가장 잘하는 것? 이게 무슨 뜻이지?

내가 잘하는 것은 일반적으로 그의 장점을 일컫는다. 인생을 두 번 사는 것? 그래서 남들보다 중요한 미래를 먼저 알고 있다는 것?

하지만 정작 시진핑에게 도움이 될 만한 미래의 사건은 그다지 알고 있는 정보가 많지 않다는 점이 바로 문제였다. 한국이 아니라 중국이기 때문이다.

20 년 전 과거에 자신의 나라도 아닌 외국의 사건 사고를 상세하게 알고 있는 인간이 과연 몇이나 될까?

그저 세계적으로 알 수 있는 큰 뉴스 정도만 기억이 나는 데 이것이 오히려 정상적인 케이스다.

어라? 세계적인 뉴스?

만약 근 미래에 발생할 것이 확실한 정보를 미리 시진핑에게 말을 하면 어떻게 될까?

그 순간 그 말은 예언이 될 것이다. 예언이 맞게 되면 신뢰를 쌓는 게 가능해진다.

예를 들어서 미국 대통령으로 당선될 것으로 예측하지 못했던 빌 클린턴이라든지, 올해 말 한국 대선에서 김영삼

대통령이 당선이 된다든지, 그도 아니면 올림픽 개최지 혹은 월드컵 성적을 예상할 수도 있었다. 김일성은 언제 사망하는 지 따위와 같은 세계적으로 센세이션한 사건들은 꽤 많이 존재했다.

그리고 그런 사건들을 시진핑을 만났을 때 미리 알려준다면?

100 조를 향해서
NEO MODERN FANTASY & ADVENTURE
Part 7-5. AMC Group의 Start

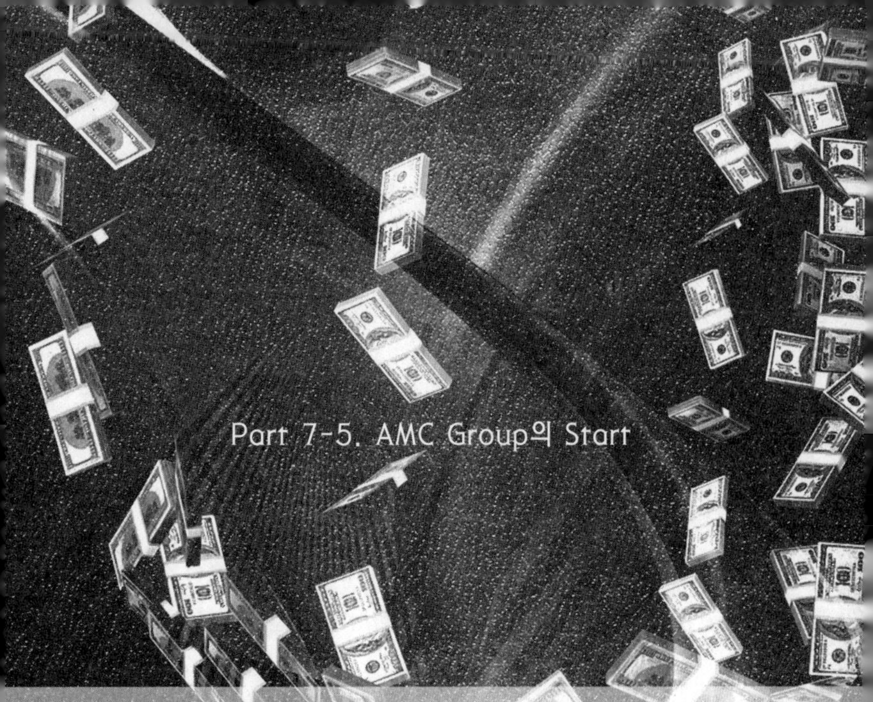

Part 7-5. AMC Group의 Start

그 후 그 모든 것이 맞아 떨어지는 것을 확인하게 되면 그들은 현수를 자신들의 정치 인생에 신뢰를 느끼는 파트너로 인정해주지 않을까?

천천히 로봇을 조립하고 해체하듯이 그림의 설계도를 그려 본다. 이 시나리오에 허점은 없는 지, 타당성은 괜찮은 지, 예상치 못한 리스크는 없는 지 세부적인 검토다.

어차피 환전 문제로 현재 중국 땅에 고이 잠든 1천 5백억 중에 천억 정도는 당분간 한국 땅으로 밀반출하기가 쉽지 않아 보였다.

아까 최창섭과 국제 통화를 해보니 생각 외로 해외 환치기가 만만치 않다고 한다.

CMK 무역은 최대 소화량이 1-2백억에 불과하다고 해서 결국 다른 루트를 찾고 있었다.

현재 그는 비교적 매출 규모가 크면서 수출입이 원활한 일본이나 싱가폴 국적 기업 몇 곳과 협상 중이라는 소식이다.

달러의 해외 밀반출은 중국 정부의 감시가 심한 탓에 고가의 커미션을 원하는 기업이 많아 애로사항이 많다면서 투덜댈 따름이다.

어쨌든 최창섭의 결론은 1년- 2년 정도에 걸쳐서 10-30억씩 순차적으로 대략 4-5백억 정도를 한국에 일단 먼저 보내는 시나리오를 제시했다.

그 후, 장기간에 걸쳐서 천억이 넘는 돈을 빼내오자는 계산이다. 현수는 어쩔 수 없음을 익히 알기에 동의를 하면서 전화를 끊었던 것으로 기억한다.

그러면 잘못하면 천억 가까이 남는데?

남는 돈은 북경이나 상해쪽에 토지나 잔뜩 사놓고 그 외에 시진핑이 있는 복주시에 투자를 하면 되지 않을까. 아마 조만간에 한중 국교 정상화 소식이 들려 올 것이다.

그가 기억하기로는 이 맘 때 쯤으로 알고 있다.

일단 국교 수교가 정식으로 진행 되면 정상적으로 달러를 들고 가서 투자가 가능해진다.

물론 그 달러는 중국에서 빼와서 다시 중국으로 재투자

되는 방식으로 할 것이다. 이른바 눈 가리고 아웅 하는 격이다. 뭐 어떤가. 아무래도 서울로만 가면 된다는 속담도 있지 않는가?

그리고 또 하나 더….

러시아의 푸틴이 남아 있었다. 그가 기억하기로는 구소련이 해체되면서 푸틴은 아마 변방의 한직에서 세월을 보내다가 기회를 잘 만나 승승장구해서 러시아를 삼킨 것으로 알고 있었다.

서방 국가의 지도자는 임기가 끝나면 말 그대로 평범한 야인으로 돌아가지만, 중국, 러시아처럼 공산주의 국가의 지도자는 자유 민주주의 국가의 지도자와는 차원이 다른 역량과 강력한 힘을 지닌 인물들이다.

가장 가치가 낮을 때 잡아서 가장 가치가 높을 때 쓴다. 아주 간단한 말이지만 진리가 담긴 명언이다.

스트레이트 플러시가 (straight flush) 메이드가 안 된 상태로는 그저 플러시나 스트레이트를 기다리는 보잘 것 없는 존재이지만, 같은 무늬에 순차적인 번호의 마지막 카드가 뜬다면 그것은 미운 오리 새끼에서 화려한 백조로 탈바꿈하게 된다.

그리고 그 스트레이트 플러시를 만들 수 있는 최후의 패 정체를 그는 공교롭게도 익히 잘 알고 있다.

만약 이 두 초거물과 적절하게 교류를 할 수 있다면 이

보다 더 강력한 패는 아마 지구상 그 어디에도 없으리라.

그는 애매모호한 빛으로 살짝 입꼬리를 말아 올렸다.

복건성 복주시청의 투자유치부서인 招商办에서는 모처럼만에 큰 투자 건으로 해당 부서의 처장인 용하운 주임와 그 윗선인 복주시 상무 위원회 소속의 부시장인 소영봉까지 나와서 대화에 여념이 없었다.

고풍스런 청조 淸朝 시대 전각과 호화로운 병풍, 그 안으로 거대한 원형의 테이블이 맛깔스런 음식을 품은 채로 회전하고 있었다.

주위에는 한국에서 온 손님 일행이 서로 화기애애한 분위기를 연출하며 화답을 했다.

"반갑습니다. 이런 좋은 자리를 마련해주셔서."

"아닙니다. 자, 한국에서 여기까지 오셨는데 먼저 건배부터 하시죠."

"그러죠."

"처음 뵙겠습니다."

"반갑습니다."

"아니요. 별 말씀을요."

한중 전문 통역가의 상냥한 대화 속에 한국 손님 뒤로는 중국 전통 복장인 치파오를 입은 아리따운 아가씨가 술잔을 고이 든 채 서 있었다.

독한 알코올이 각자의 위장을 헤집자 언제 그랬냐는 듯이 점점 더 저녁 만찬은 시끄러워졌다.

한국 투자팀은 다름 아닌 정현수를 비롯한 중국의 최창섭, AMC의 2인자인 최상철 부회장, 출판 사업팀의 변창현 사장, 엔터테인먼트팀의 박현상 부장, 그리고 이번에 헤드헌팅 업체를 통해 영입한 중국 화교 출신의 서정훈 AMC 중국 차기 법인장이다. 그 옆으로는 새롭게 오픈 할 패션 사업팀의 중역 대우를 약속하고 E-LAND에서 빼온 차현태가 앉아 있었다.

이 때 변창현이 최상철에게 나지막한 어조로 귀에 대고 속삭였다.

"갑자기 명함을 AMC 미디어 텍 사장이라고 소개하니 좀 쑥스럽네요."

"자네만 그런 줄 아나? 나도 그러하네."

"후후, 혹시 모르니 작게 말하세요."

"됐어. 어차피 한국어라서 못 알아들어. 쩝… 내가 부회장이라니. 아직 우리 회사가 이 정도 규모는 아닌데…."

그러자 현수는 미간을 찡그리면서 대뜸 참견했다.

"지난 번 회의에서 언급한 것처럼 조만간에 기업 분할을 할 예정입니다. 어차피 그 때가 되면 현재 AMC의 창립 멤버는 모두 승진시키려고 생각하고 있으니 그 부분에 부담스러워하지 않아도 됩니다."

"아, 정말인가요?"

"그럼? 당신들 말고 외부에서 영입해서 사장 자리 만들어 줄까요? 그러기를 바랍니까? 생각하고는 쯧."

테이블 위에는 담백한 죽순탕, 절인 잉어구이, 시원한 냉채, 달콤한 양고기 볶음 따위가 차례대로 미각을 북돋고 있었다.

한국 임원들은 현수의 지시로 한국에서의 원래 직위가 아닌 2-3계단씩 거짓으로 직급을 올려서 복주 시청의 간부들에게 개개인에 대해 소개를 한 상태였다.

그 이면에는 시진핑과의 면담을 위하여 그로 하여금 상대가 거물이라는 느낌을 받게 위한 편협한 꿍꿍이가 일부분 작용했다 할 수 있다.

그렇다고 그들이 한국까지 가서 직접 정현수가 어떤 인물인지 실사를 하겠는가? 그도 아니면 기업 규모가 어떤지 살펴볼 수 있을까? 상황에 따라서 인간은 그에 맞게 대처를 하는 적절한 처세술도 필요했다.

나흘 전, 복주시에 도착한 AMC의 고위 관계자들은 정식으로 시청을 방문하여 해당 부서에 프로젝트 형식의 투자 의향서를 전달했었다.

그 후로 그들은 비는 틈을 이용해서 복건성의 유명한 명승지를 차례대로 관광을 했었다. 그리고 어제서야 비로소 복주 시청에서 정식으로 저녁 만찬 자리를 제안 받게 된 것이다.

형식적인 대화가 끝을 맺었다. 용하운 주임은 통역을 통해서 궁금한 점을 정식으로 질문하기 시작했다.

"아까 듣기로는 공장을 짓고 싶다고 들었는데 맞습니까?"

그 말에 출국 전부터 단단히 언질을 받은 최 부회장이 통역을 통해서 대답했다.

"그렇습니다. 최근 저희 회사는 사업의 다각화를 목표로 적당한 해외 투자를 할 수 있는 지역을 모색 중이었습니다. 그러다 마침 중국 쪽이 지리적으로도 가깝고, 최근 중국의 개혁개방 노선으로 국가의 문을 여는 상태라 관심이 있어서 직접 방문하게 된 겁니다."

복주 시에서 열 손가락 안에 드는 고위 간부인 소영봉은 다소 이해가 안 되는 표정으로 반응했다.

"허나 제가 알기로는 일본과 달리 한국은 아직 중국과 정식 국교가 체결되지 않은 것으로 알고 있는데…."

"아마 이번 달 안으로 한중 양국간에 국교 정상화가 될 겁니다. 또한 다음 달인 9월에 저희 대통령이 수교 기념으로 중국을 방문할 겁니다. 그러니 이 부분은 크게 염려하지 않으셔도 될 것 같군요."

소영봉이 놀라는 눈빛으로 말했다.

"믿을만한 정보입니까? 아니면 한국 뉴스에 뜬 건가요?

저희는 금시초문이라서."

"믿어도 됩니다. 제가 이런 쪽은 확실합니다."

"정말 그렇다면 대단한 정보력이네요. 아무튼 저희도 저희 라인으로 확인해보겠습니다. 사실 그 부분이 걸렸는데 국교 수교가 되면 투자에 한시름 놓았습니다. 투자 부서에서 이 부분이 가장 걸림돌이 될 거라 해서요."

"하하. 너무 복잡하게 신경 쓸 필요가 있을까요?"

"어쨌든 그러면 (주)AMC가 한국 기업 중에서는 가장 먼저 중국 땅에 삽을 뜬 기업이 될 수도 있겠군요."

이번엔 변창현 사장이 끼어들어 대답했다.

"복주시에서 저희를 많이 도와주신다면 그럴지도 모르죠."

"아무튼 잘 오셨습니다. 언제든 환영입니다. 복주시는 바다와 접한 무역 항구를 끼고 있는 데다 도로도 사통팔달 뚫려 있어서 환경이 편리합니다. 또한 인건비도 광동지역보다 훨씬 저렴한 편이라 최적의 장소이지요. 그런데 어떤 공장을 원하시는지요?"

"원단 공장, 염색 공장, 의류 공장까지 원스톱 시스템으로 원사인 실만 있으면 디자인 된 옷까지 한 번에 처리가 가능한 공장 건립 계획입니다."

"흠. 투자 금액은 대충 어느 정도나 예상하나요?"

"전체 투자 집행금은 총 5천 만불입니다. 10년에 걸쳐서 매년 순차적으로 금액을 집행할 예정이고, 지역 경제에 많은 도움이 될 수 있는 인력 산업인 의류 공장을 시작으로 신발 공장, 가구 공장, 제지 공장, 전자 공장까지 추후에는 고려 중입니다."

"5, 5천 만불이요?"

그 순간 용하운 주임과 소영봉 부청장은 직감적으로 자신들의 선에서 처리할 건수가 아님을 깨달았다.

그만큼 투자 금액이 천문학적이었다.

1992년 중국의 1인당 GNP는 200달러에 정체되어 있었고, 복주시 1년 전체 예산이 미화로 3천 만불이 조금 안 되는 수준이었다.

그러니 그들로서는 눈이 안 돌아가는 데 더 이상할지 모른다. 특히나 이 시대 중국 관리의 부패는 악취가 풍길 정도로 유명해서 이런 큰 투자건의 경우에는 뒷돈으로 챙길 수 있는 금액이 장난이 아니었다.

한국의 눈에 중국이 부정적인 이미지였다면 이 때 중국의 눈에도 한국은 그저 하얀 백지나 마찬가지라 할 수 있다. 그냥 몇 십 만불짜리 소규모 투자로 생각했는데 정작 낚고 보니 피라미가 아니라 엄청난 월척이었으니 그들의 태도가 바뀐 것은 당연하리라.

이를 눈치 챈 서정훈 AMC 중국 법인장은 유창한 중국어로 여유롭게 넉살을 떨어댔다.

"이곳에 오기 전 대련시와 칭다오를 방문하고 오는 길입니다. 아무래도 복수의 후보지를 선정하고 조건이 좋은 쪽에 투자를 하는 것이 기업의 생리다 보니 이해 부탁드립니다."

"그럼요. 정말로 5천 만불 투자가 가능하다면… 저희 시로서는 최상의 조건으로 귀사를 유치할 수 있기를 희망합니다. 저렴한 대규모 택지의 제공은 물론이고, 공단 조성에 따른 전기 및 수도 시설, 그리고 각종 세금 혜택까지 최대한 귀사의 편의를 봐드리겠습니다."

"감사합니다."

"오늘 연회가 끝나면 현 복주시의 시진핑 서기에게 보고를 드릴 예정입니다. 부디 좋은 결과를 이끌어 내겠으니 중국에 좀 더 머물러 주십쇼."

현수는 마침내 본래 온 목적을 토로하기 시작했다. 그의 목적은 투자 공장 설립보다는 훗날 승승장구를 하게 될 시진핑과의 우호적인 친분이었다. 그러기 위해서는 적당히 개연성을 갖춘 설득력 있는 말이 필요했다.

"어차피 한번에 5천 만불을 투자할 생각은 아닙니다. 그 후로도 각종 인허가 문제, 기타 상의해야 할 조건들이 한둘이 아닐 겁니다. 시간을 두고 자주 뵈어야죠. 그보다 저희가 원하는 것은 단 하나입니다."

"…뭡니까?"

"이쪽 복주시의 최고 실권자분이 확답을 주는 겁니다. 딱 깨놓고 말해서 중국에서 가장 힘이 센 분은 공산당 간부 아닙니까? 다른 분 말만 믿고 투자해서 만약 금전적인 리스크가 발생하면 누가 감당할 수 있을까요?"

"음, 듣고 보니 그렇군요. 옳으신 말씀입니다."

상대의 반응에 현수는 머리속을 잠시 정리했다.

애초에 그가 복주시에 투자를 하려던 금액은 1천 만불에 불과했다.

하지만 생각 외로 외화 밀반출 문제라는 난관과 부딪치자 의도치 않게 현금이 묶여 버리게 생겼다.

1-2년에 걸쳐서 4-5백억을 한국으로 보낸다 해도 그동안 천억이 넘는 돈을 무작정 은행에 예금하는 것만큼 어리석은 짓도 없다.

그렇다고 한국처럼 무작정 토지를 구입하기도 어렵다. 이제야 막 외국인이나 외국 투자기업에게 토지 사용권을 매각하는 중국 정부다. 그것도 경제가 비교적 발전한 남쪽 지방만 시행하고 있을 뿐, 내륙이나 북쪽은 아직도 사유재산의 매매 자체가 불가했다.

토지 사용권은 매매가 자유롭고 추후 만기가 되는 기간에 재연장이 가능한 관계로 실질적으로 토지 매매와 동일하지만 여기에 맹점이 존재한다. 토지 매수자는 어떤 일이 있어도 나대지로 놀릴 수가 없다는 점이다.

상가 건물의 건축, 아파트 시공과 같은 부동산 개발은 외국인에게 아직 허용이 안 된 상황이었다.

그 외에 주식 시장이 있지만, 현재 상하이 증권 거래소에 상장된 주식 중에 10년 이상 끌고 가서 이익을 남길 수 있는 기업은 전무했다.

적어도 90년 후반은 되어야 알리바바 그룹 같은 메이저 기업들이 창업을 시작했으니 아직 먼 이야기였다.

가장 효율적인 방법은 공장 가동을 하면서 해당 토지를 소유하는 것이다.

그는 알고 있다. 10년 후, 20년 후 중국 토지 가격이 얼마나 폭등을 하는 지를. 설령 그가 설립한 중국의 공장이 쫄딱 망한다 해도 그 기간만큼 상승한 토지 가격이 손해분을 덮어줄 것은 확실했다. 미래를 알고 있는 자의 프리미엄이다. 그러니 이런 유리한 게임을 하지 않을 이가 또 어디 있겠는가?

잠시 고민을 멈췄다.

그는 투자자로서 입장을 강력하게 피력했다.

"아무튼 그 조건이 만족이 안 될 경우 우리로서는 대련시나 칭다오로 부득이하게 시선을 돌릴 수밖에 없으니 양해 부탁드립니다."

"암, 그럼요. 제가 보증하겠습니다. 다음 연회는 시진핑 서기가 직접 주최하는 자리로 여러분들을 모실 테니 걱정하지 않으셔도 됩니다."

연회를 끝마치고 술로 뒤범벅이 된 멍해진 머릿속을 정리하면서 호텔에서 홀로 산책을 했다.

5천 만불이라는 금액을 언급한 그 순간 고위 책임자라는 이의 안색이 변하는 장면을 똑똑히 기억한다.

이로 볼 때 시진핑은 특별한 사정이 없는 한 다음 면담에서 나올 것으로 판단이 가능했다.

그가 의류 공장과 신발 공장을 가장 먼저 언급한 이유는 다른 데 있지 않았다. 그 이면에는 시진핑이 선호할만한 업종, 그리고 주위 환경 및 시대적인 흐름까지 전체 그림을 고려한 치밀한 선택이었던 것이다.

의류 공장과 신발 공장, 액서사리 공장은 인건비 따먹기인 후진국형 산업이다. 경쟁이 워낙 치열해서 마진이 박하고 하청 업체의 비애가 가장 절실하게 느끼는 업종이라 할 수 있다.

허나 그것은 2014년의 이야기이고, 지금은 1992년이라는 점을 간과해서는 안 된다.

글로벌 업체인 나이키, 아디다스, 유니클로, 자라 등이 중국에 하청을 주는 시기는 대략 1990년 후반부터 절정을 이루면서 우후죽순처럼 밀려든다.

이 의미는 적어도 2천년까지는 경쟁자가 별로 없어서

이익이 날 수 있는 환경이라는 의미와 닮아 있었다.

물론 이 쪽에 경험은 그리 많지 않다. 하지만 자본만 풍부하면 이 세상에 못할 것이 있을까?

아주 단적인 예가 애플이다. 현금을 천문학적으로 쌓아 놓고 그들은 기술이든, 인력이든 회사든 뭐든지 다 사버렸다.

과거 대한민국을 주름 잡던 거대 재벌들도 기실 M&A와 같은 수순을 거쳐서 한 치의 오차 없이 답습해 온 것이다.

다만 액서사리 공장은 제외했다. 의류와 신발보다 더 낙후된 산업인 탓이다. 더구나 딱히 액서사리 공장을 운영하면서 잔푼 돈이나 벌고, 원청 업체에게 굽신거리고 싶은 생각도 별로 없었다.

의류는 관점이 좀 다른 것이 한국에 돌아가면 이 기회를 이용해서 아예 패션 회사 하나를 인수하거나 만들 생각이다.

패션이나 신발 회사는 경쟁이 치열하지만 유니클로, 자라처럼 세계적으로 성공한 기업의 사례도 많았다. 그는 SPA 'Specialty Store Retailer of Private Label Apparel' 처럼 자체 브랜드를 가지고 디자인에서 생산, 유통, 판매까지 모든 것이 가능한 패션 회사를 만들기를 원했다.

그러면서도 시진핑의 정치 업적에 상당한 도움이 될 수 있는 대량의 인력도 고용이 가능했다. 그 외에 신발 공장도 비슷했고, 가구 공장은 지금이 아닌, 몇 년 후에 천천히 만들 생각이다. 예전에 가구 계통에 있었던 탓에 이쪽 시스템은 훤히 안다는 게 장점이다.

추후에는 장치 산업쪽으로 시선을 전환할 예정이다. 거대한 설비 투자가 요구되는 분야로의 진출은 회사가 커지면 당연히 요구되는 영역이기도 하다.

그런 면에서 확실히 중국 화교인 서정훈이라는 인물은 잘 영입한 느낌이 든다.

무엇보다 중국어가 능통하고 사람이 싹싹했으며 비즈니스쪽에 영리한 지식을 갖춘 자다. 향후 중국 공장을 비롯한 중국 내 AMC의 모든 업무는 서정훈에게 총괄시키면 될 것으로 생각된다.

〈3권에서 계속〉